人生没有白走的弯路

老喇 著

国际文化出版公司
·北京·

图书在版编目（CIP）数据

人生没有白走的弯路／老喇著．—北京：国际文化出版公司，2020.3
　ISBN 978-7-5125-1192-7

　Ⅰ.①人… Ⅱ.①老… Ⅲ.①随笔－作品集－中国－当代 Ⅳ.①I267.1

中国版本图书馆CIP数据核字（2020）第023994号

人生没有白走的弯路

作　　者	老　喇
责任编辑	宋亚昍
统筹监制	胡　峰
策划编辑	王敬波
美术编辑	孙雨芹
出版发行	国际文化出版公司
经　　销	全国新华书店
印　　刷	北京彩虹伟业印刷有限公司
开　　本	880毫米×1280毫米　32开 8.5印张　　　　　　220千字
版　　次	2020年3月第1版 2020年3月第1次印刷
书　　号	ISBN 978-7-5125-1192-7
定　　价	39.80元

国际文化出版公司
北京朝阳区东土城路乙9号　　邮编：100013
总编室：（010）64271551　　传真：（010）64271578
销售热线：（010）64271187
传　真：（010）64271187-800
E-mail：icpc@95777.sina.net

清欢是精神上的高贵，安然是岁月中的从容。懂得时光静好，才懂得生命的褶皱里的那一抹温馨。

当一个人活得有趣,其实这个人就活得通透了。有趣的人不一定能成就多大的事业,但他能成就快乐的生活。

我要感谢这里的一山一水、一草一木,是它们唤醒了我的敏感,叫停了那种兵荒马乱的奔波。

在做民宿的日子里,我庆幸远离了喧闹,远离了关系的旋涡,和自然为伍,和淳朴为伴,这是我想要的生活。

这里是让心灵歇脚的地方,这里是宁静和安然入眠的地方。

如果你来,我已做好了久别重逢的准备。

哪怕一个人的远行,也要温润岁月里的每一个皱褶和弯曲,温柔地对待这些清丽而丰盈的日子。

人生最美好的境界不过就是,不乱于心,不困于情,不畏将来,不念过往,如此,安好!

没有早一刻的到来,也没有晚一步的分开,都是刚刚好的遇见。

善良并不是软弱,也不是愚钝,而是在这个嘈杂的世界中,对这个世界最温柔的馈赠。

这世界没有陌生人，只有未来得及相认的朋友。

目 录
contents

辑一　有趣，才是一个人最高级的魅力

宁静是人生一道微凉的茶 / 003

柔软是这个世界的一道暖光 / 008

出发是一场蓄谋已久的告别 / 014

有一种素养叫等人把话说完 / 019

千万别把自己的人生调成纠结模式 / 024

有趣，才是一个人最高级的魅力 / 028

情商高，并不等于有情怀 / 035

谢谢你的不喜欢，让我成为更优秀的自己 / 039

你的忙碌不是勤奋，而是不懂生活 / 044

最好的情义就是百处不厌 / 050

辑二　请善待另一个不完美的自己

请善待另一个不完美的自己 ／ 057

远方是一道可以抵挡岁月侵蚀的矮墙 ／ 062

心安之处是故乡 ／ 068

守得住宁静才是最高级的禅修 ／ 076

我老去的时候心静如水 ／ 082

不抱怨才是最深沉的爱 ／ 086

有一种愚蠢叫自作聪明 ／ 091

舒服的相处，是懂得彼此之间有一厘米的距离 ／ 096

不是每一种离开都能从容告别 ／ 100

安全感从来都是自己给自己赢得的 ／ 105

旅行是岁月对自己最好的加冕 ／ 110

人都是一瞬间变老的 ／ 116

辑三　人生没有弯路，每一步都算

孤独是岁月馈赠给成熟的一枚勋章 / 123

温柔以待依然是这个世界最温情的基调 / 127

人生没有弯路，每一步都算 / 133

丑话说在前头是一种诚意 / 138

生命是一场猝不及防的离别 / 144

永远不要叫醒那个装睡的人 / 150

每一段年龄都值得你平等对待 / 157

善良是我们对世界最温柔的馈赠 / 163

生命是杯微凉的水 / 171

低智商的善良比愚蠢的危害更大 / 175

自己都量力而为，谁还愿意为你全力以赴 / 180

辑四　取悦自己才是对活着最隆重的敬畏

遇见，是一幕没有彩排的意外 / 187

所有的豁达，都是原谅顶出来的老茧 / 191

多少人生都是败给了等待 / 197

写给儿子成人礼的一封信 / 203

少和聪明人来往 / 211

乐观，是上帝看人间的视角 / 216

借一场酒醉，和过去道一声再见 / 221

取悦自己才是对活着最隆重的敬畏 / 225

懂得，是一句禅语 / 232

天赋的背后是努力的结果 / 235

若旅行，请趁早 / 243

如果可以，请别和平凡较劲 / 250

辑一

有趣,才是一个人最高级的魅力

宁静是人生一道微凉的茶

总是会想起这几年旅行中的那些细碎的情节,比如门口晒太阳的一条狗,山野间摇曳的一朵野花,田间的小路,潺潺的流水,店铺里隐隐约约的歌唱……

有时候,也会莫名地喜欢一个小镇;喜欢三五个好友坐在湖边静默不语;喜欢大雪封路时,炉上煮着羊肉,喝点儿小酒,天南海北地闲聊;也喜欢一个人安静地待着,听一首老歌,想念一个故人……

岁月流光,宁静已经不请自到。

当一个人开始关注生活里的细枝末节的时候,一定是成熟了。哪怕你依然如从前般腱子肉还在,酒量一斤不少,熬夜还能精力充沛,脾气还是那般火爆,可是时光仍不会眷顾任何一个人,心若柔软,静已入心,这就是岁月的痕迹。

岁月首先会把宁静送到你的面前,不经意间的发呆,落寞时的回望,无关悲喜,只是从容和不惑。

人到中年,携一份深沉中的旷达,穿过岁月流年,感受宁静的来临。

不必拒绝,掬一捧清凉入怀,坐在岁月的岸边,将那些渐行渐远的时光折叠、收藏,把自己浸润在一片夕阳的余光中。俯瞰或者冥想,都是一种超度。

与宁静为伴,心会柔软。那些或深或浅的痕迹,都演变成一场场荡气回肠的怀念。

清欢是精神上的高贵,安然是岁月中的从容。懂得时光静好,才懂得生命的褶皱里的那一抹温馨。

宁静,是赐予中年的一袭华丽。学会和宁静为伴,才懂得宁静的典雅,生命的质朴。

宁静是一种态度。既不是苟且,也不是诗意。心中有诗,苟且也有兰香,远方无意,吟咏也是惆怅。宁静会让棱角圆润,也会让世故变得敏感。

人生的完整,不是娶妻生子、事业有成。而是既要有过二十岁的蓬勃,也要有过三十岁的激情,才能从容地接纳四十岁的葱茏。

懂得宁静,享受宁静的时候,孤独就变得清高,这是岁月馈赠的深沉和清醒。其实美好的角度不只有绚烂的一面，还有平和和淡然的一面。

王小波说，生活是天籁，需要凝神静听。

灵魂不能安然，人生必将陷入精神上的兵荒马乱。学会与宁静相处，才有时间读懂自己。

演员陈道明是影坛上的常青树，人们总结他的成功经验时，不约而同会用到一个词：安静。

尤其是在娱乐界，懂得安静、沉静的人实在不多。陈道明把自己沉淀成一坛老酒，历久弥香，这也是岁月的馈赠。

宁静不是避世，是入世，是对岁月的坦然和接受，是对自身的反省和思考。

宁静不仅养心，还让生命有了质感。听听来自原乡的声音，看看世界赠予你我的遇见。静成为了一种品格，沉淀浮躁，过滤浅薄。

有一天，带女儿去元源营地度假，那天人多，整个树林里像煮沸的开水，热闹极了。女儿看见远处有一对母女坐在湖边，以为有什么好玩的东西，非得让我过去看看不可。

走近才发现小孩儿比我女儿还小，两个人微闭着眼，脸上是幸福的笑容。这种表情让我很惊诧，顺着她们的方向望去，什么都没有。

女儿嘴快，大声问："姨姨，你们看见什么了？"

母亲模样的女子转过身来,十分神秘地暗示我们安静,仿佛发出声音会惊飞蜻蜓似的。弄得我和女儿都蹑手蹑脚地走到跟前,眼前的确什么都没有,这更是让我好奇。

终于等到她们关注我们的时候,我才知道事情的原委。她的女儿学钢琴时,在音准方面有问题。老师建议她们听听风,什么时候能分辨出吹过湖面的风和吹过树叶的风不一样,就肯定能练好音准。

我听到这种匪夷所思的建议差点儿笑出声音来,正准备自作聪明地诟病那个老师的时候,突然发现小女孩原来是个盲童,当时我的双眼瞬间热了。

她精准地向母亲描述出我的个头、我女儿的身高,十分友好地邀请我女儿看她描述的风对不对,那种友好瞬间软化了整个世界。

接下来,她们母女俩又沉浸在一种特别安静祥和的氛围里。

那时候,我突然觉得这个世界好安静,安静到了可以捕捉到来自心灵的问候。那时候的圣洁,能让人觉察到自己的渺小和狭隘。

在平和的心境里,人才会生出如此清澈的友好和细腻。我有时候想,如果每天多一分听风的时光,生活是不是就多了一些纯美?

那时，突然觉得宁静是一个多么美妙的感受！拥有宁静，懂得宁静，是一个多么富足的灵魂！宁静来自心灵的深处，修缮着人的高尚。

柔软是这个世界的一道暖光

客人是从网上预约的,条件只有一个:单人定制。

每天我主要的任务就是拉着她,找一条河流的源头,拜见一个民间的老艺人,甚至只是看一棵千年古茶树,听一首山歌,走一条采茶小道。当然,这一路上一直在听她讲那些海海漫漫的往事,妙趣横生处,也会会心一笑;心酸黯淡时,就用沉默表示安慰。

临走的时候,她却感谢我的倾听。她评价我是一个善解人意的人,是一个特别会开导别人的人;她也评价我的民宿是一个解忧驿站,是精神家园。

离开后,她很快给我寄来几包当地的特产,并附了一段留言:"是在民宿的日子让我相信这个世界是可以温柔以待的，我正在尝试着与一朵花相处，与一片夕阳交谈，也试着在庸常的生活中发现明媚和惊喜……"

老实说，我也很感激与她的相识。和她相处的几日，我虽然很少能插上话，只是倾听而已，她人生的智慧和生活的能力也远远高于我的阅历，但是她更像我的生活的另一面镜子，唤醒了我渐渐麻木的柔软和善意，也是她扑面而来的真挚让我坚信柔软是一种力量，是一种可以与这个世界抗衡的能力。

最近几天，她在微信里和我聊天，说她刚刚参加了摄影学习班，也在做瑜伽，越来越发现这世界虽然有很多南辕北辙的意外，但是也有很多殊途同归的结局。她曾经认为没本事的老公，却天天变着花样为她做饭；她曾经认为难以相处的同事，却在她请假外出的日子默默地帮她顶工；甚至她习以为常的大海，此刻也觉得无比辽阔和蔚蓝，那熟视无睹的落阳也比往日更加绚烂和美好！

作家廖一梅说："每个人都很孤独，在我们的一生中，遇到爱，遇到性都不稀罕，稀罕的是遇到了解。"我更愿意理解为那份了解是内心深处的柔软，开始有耐心感受风过去的划痕，有时间感受花朵在微风中的摇曳，有心情感受善意来临的温暖、期待黎明的到来。

我同学说，自从与死亡擦肩而过之后，她突然变得善感和在乎眼前的一切。比如经常感动她的是：推开家门扑进怀里的小狗，养了多年的绿植突然努出一个花骨朵儿；替女儿整理书包时，无意中发现夹在扉页里的她的照片，不善于厨艺的老公从她的谈话中得知她爱吃一道菜就买了食谱照着做。还有，她告诉我，她现在变得豁达和懂得珍惜，珍惜早晨醒来的第一缕阳光，珍惜不期而遇的一株怒放的花朵，珍惜陌生人那一句温暖的祝福，珍惜所有的遇见和在意。

她在我院子里小住的那几天，不知道什么时候和一条叫"东东"的野狗成了好朋友。那几天这条狗日夜陪在她的身旁，早晨她去寨子里散步，一定是这条狗像多年的老友一样陪在她身边；夜晚睡觉之前，一定是这条狗送她到二楼的门口。我发现这个现象的时候，是看见她正热烈地和这条狗聊天。我惊诧地问她："你没事吧？怎么和一条野狗聊得那么火热啊？"她不好意思地向我介绍说："自从来到你园子里的第二天，这条小狗就日夜陪伴着我。寨子里不友好的小狗向我汪汪叫的时候，是这小狗跑过去解围；我找不到回家的方向的时候，是这条狗自告奋勇地带我回家；还有我发呆的时候，是这条狗陪在我的脚下。"她告诉我，"是这条萍水相逢的狗让我在异乡没感觉到陌生，闲暇时不觉得空虚。"

我一开始也奇怪小狗为什么独独对她这样深情，后来我仔细观察才明白，她俯下身喂小狗食物时那么认真，她耐心地拉着小狗到水边帮它清洗踩脏的狗爪，即使独语的时候，她都那么用心。我想，在狗的世界里，深情的样子一定相同，它虽然不会说话，但能感受到她的柔软和真挚。

果然，她离开的那天，我去送她，她的车开出的刹那，那条她给起名叫"东东"的狗，一定意识到这是最后的告别，它追着车跑了一程，耷拉着头折返回来的样子，特别像人类永别时的绝望，它对着风狂吠的样子显得很落寞。我也是从那一刻开始，决定替我同学多照顾一下这条叫"东东"的狗。可惜，它一定害怕分离，从此以后只是远远地站在那里，看着我们人来人往再没有往日的热络。

我想，或许我还不够同学那么柔软，没有让它感受到人类的深情！

有时候我在想，我们一定有一个和这个世界和解的通道，而柔软才是深情最初的模样。

我们平平安安地活完这一生，一定有很多不能掌控和预测的事情，除了柔软可以承接这扑面而来的善意，又有哪种力量可以和命运抗衡？反正干不过岁月和命运,不如像一只世事洞明的懒猫,换个舒服的姿势,晒晒眼前的太阳。

时间如流,生命易碎。只有柔软可以收容我们在大是大非之外不易被别人察觉的酸甜苦辣。那些无法描摹的感动,那些即将来临的光明,那些隐隐约约不甘熄灭的梦想和等待之火,如果不是柔软,它们可能在漫长的黑夜、在一个人的旅途、在美好跋山涉水而来的前一秒就会被磨灭。如此,我们怎么对得起自己不顾一切地奔赴而来,怎么对得起这颠沛流离的半生?

如果人类会有前世的记忆,肯定是柔软让我们念念不忘自己的前尘往事,而那再三让我们无法忘怀的感动,都是一些比岁月还散乱的细碎东西。比如那一盏为走夜路的人留下的灯光,那陌生的街头善意的微笑,那孤独时隐约传来的老歌,那开机后收到的短信,那没有所求的信任和热情……这些都无法描述,就像风雨之旅中,我们挤在一个屋檐下避雨,你向里挪了一下,我们不说话,却觉得心里很暖和。这些都是柔软的力量。

现实中,有残酷,更有温暖,而我们心灵中温暖多过残酷。我们对抗不了现实,但我们可以以柔软的名义和世界和解。

是的,生活还要继续,这个城市依然车水马龙,成长本来就是一个孤立无援的过程,只有柔软可以让我们看起来不那么冰凉。

其实,这世界就是这样,内心丰盈了,它就灿烂了。柔软不过就是我们固执地认为,这是一个可以与人为善的世界。

出发是一场蓄谋已久的告别

民宿里来过一个朋友,和我一样特别喜欢三角梅,每天举着相机拍个不停,有时候还自言自语道:"开得这么灿烂究竟你想干啥?!"

经过那几天相处后发现,我们的三观惊人的一致。我喜欢的落阳他也一定喜欢,他所惊喜的套路则都是我曾经用过的;我们坐在哈尼族人的木楼上,大碗大碗地喝酒,讲着自己人生中某个阶段的经历和悲喜,吹着青春时期的牛,连笑点和泪点都高度雷同。他经常说:"这回可是找到一个可以安放灵魂的地方了,来到你烦为止。"

我也向他许诺:我的民宿永远向他敞开大门,门口那一捧三角梅如果没有他的见证,开得多么浪费啊!

他走的时候居然丢下了一双拖鞋,还有一块相机电池,以及墙上挂着的花花绿绿的影集。等我发现后急急忙忙地给他打电话索要地址好快递给他时,他在电话那头大大咧咧地说:"留在咱们民宿吧,等我下一次去看三角梅的时候再取吧。"我也觉得他重回民宿就是个时间问题,这是板上钉钉的事情。我们嘻嘻哈哈地讲着分开后彼此遇到的糗事,谋划着下一次的相聚。有时候我也会把他喜欢的某个场景、某个寨子、某种小吃,甚至是某一首歌,都记录下来,心里想这个他肯定喜欢……

就在前几天,我定下返程的时间,给他微信留言,"我要重返咱们的民宿了"云云。结果过了一天的时间,他给我发来一句话:"出发是蓄谋已久的告别!"

我还和他开玩笑说:"看来这也是写网文的节奏啊,同行是冤家!"

很久后,他给我发来一张诊断书的截图,上面赫然写着"癌症晚期"!

我急忙给他打电话,他的声音很虚弱,也很疲倦,他努力想表现得轻松一点儿,调侃着说:"咱哥儿们撞大运啦,不过,我想不会那么倒霉吧!"

我说:"不会的!上天是看得见的,你那么善良,世界也该还你一个温柔以待啦!"

我们故作轻松地道了再见,还信誓旦旦地约好回民宿看三角梅，要拍那种花开成海的美片。结果，前几天，他媳妇儿给我发微信说："他走了……"接着，我看见他的微信头像变成了一片盛开的三角梅，朋友圈的内容全部清零。

那天，我看着他的头像，竟然觉得那么遥远。我突然想起他说的那句话：出发是蓄谋已久的告别！

人生原来这么无常，一转身可能就是一辈子。有时候瞬息的变化，都仓促到我们来不及告别，就已经物是人非！

这几天，我还一直觉得好像一场戏或者恶作剧，某天早晨醒来，他会带着晨露推门进来，告诉我："这一捧三角梅开得那么灿烂究竟想干啥？"然后我们照样嘻嘻哈哈，讲着彼此的人生。

可是我的人生阅历告诉我，这是千真万确的事情。

老实说，我们还没有好到他的离去会让我悲伤欲绝，甚至我至今还不知道他在哪里生活，叫什么名字……他的到来和离去，只是为了告诉我一句话：出发是蓄谋已久的告别！

这几天想起他来，有一种莫名的感慨，暗夜里看着酣睡的儿女和妻子，心底升腾起一丝说不上来的幸运和充实，心中默念："万幸，我们都好好的！"

可不是吗？

人生就是无数次出发变成永不相见的告别，没有人能两次踏进同一条河流。我们貌似精心准备的出发，其实就是一场蓄谋已久的告别。即使还有归来和相逢的机会，其实我们也早已不是当初那个彼此了，曾经的自己已经留在出发的那一刻，况且人生还有那么多无法预测的未知。

我8岁那年离开老家，当初精心掩藏好的糖纸，这一生再也没有回去取过；我18岁退役的那天，和队友深情地相约，可是再也没有重逢的理由，即使是很多年后再见，其实我们能聊的除了18岁那一场告别，再也找不到共同的话题；我28岁离开那个小镇，以为那里留着我十年的人生记忆，事实上，时间真是一个橡皮擦，也就三五年的时光，竟然变成了一个彻彻底底的异乡人，旧人已经陌路，旧事已经泛黄，而我们依然马不停蹄地奔赴在出发的路上。

人生有多少场负气的离开、愤怒的发誓、茫然的期待、敷衍的挥手，背后是用数不清的遗憾、失落、思念、绝望组成的？

每个人一生中天天都在出发，明天的我已经和今天的自己告别。那就把每一次出发尽量变得隆重一点儿，有仪式感一点儿，努力再看一眼那捧怒放的三角梅，努力再用心记住你的善良和幸运，珍惜每一次遇见，珍惜每一个有机会和你挥手道一声"珍重"的人。毕竟这一生那么快。一切交付给时间，让我们借着出发的名义，精心地完成那场声势浩荡的告别。

人干不过命，命干不过时间。我们能做的，除了把每一场遇见当成一次久别重逢，把每一次出发当成一次刻骨铭心的告别，再无其他。再次相逢的时候，用全新的自己迎接全新的你，包括你我在人海里的颠沛流离和辗转反侧，记得在最暗淡的时候告诉自己："熬过去，我们还有一场不见不散的邀约！"

有一种素养叫等人把话说完

年轻的母亲为了验证她教子有方的成果,把两个苹果给了年幼的儿子,接下来,她等待儿子把一个苹果送给自己。可是儿子在接住苹果后,看都没看她一眼,就把每一个苹果都咬了一口。

年轻的母亲当然非常伤心,正要发火训斥儿子的自私贪婪。谁知道就在这时,童稚的儿子奶声奶气地说:"妈妈,你吃这颗苹果,我尝过了,不酸!"妈妈的眼泪瞬间就流了下来。

有时候,我们之所以愤怒,是因为没有耐心和时间等一个回答,倾听的后面是另一番的暖意。

前一段时间,和一个朋友合作一个项目,自己感觉十分用心,验收的时候,听到这样那样的批评和建议很不爽。朋友打来电话谈修改意见,他还未开口,我就讲了一大通自己的理由和想法。后来我俩基本是各唱各的调,各说各的套,谈话不欢而散,结果谁也没有表明自己的思路。

朋友着急地说,能不能谈?不能谈的话,我们在微信上聊吧!后来朋友在微信上把自己的思路条理清晰地发了过来,其实有些意见的确非常可取,在听取这些意见后,问题迎刃而解。事后想想,很多事情坏在我们没有给对方把话说完的机会。

"你等我把话说完。"这是现代社会交往中多么卑微的一个要求啊,而我们往往忽略了交流中最基本的尊重。

兄弟刚成家,磨合期,小夫妻天天争吵,双方都很苦恼,快到离婚的地步了。昨天女孩儿给我打来电话诉苦,我知道家事无理可讲,"驴圈里踢不死驴",无非就是那些鸡毛蒜皮的小事,你付出多了,他回报少了等等。

我耐心地听她诉说,适时表示同情和认同,最后女孩儿高高兴兴地说回去给男人做饭去,临了赞我:"你真会安慰人,经你一安慰,我觉得原来没什么大事。"

我笑着挂了机。心想,我什么话都没说。只不过听她倾诉一下自己的委屈而已。

相传钟子期是一个戴斗笠、披蓑衣、背冲担、拿板斧的樵夫。俞伯牙在汉江边鼓琴,钟子期感叹说:"巍巍乎若高山,荡荡乎若流水。"两人就成了至交。钟子期死后,俞伯牙认为世上已无知音,终生不再鼓琴。倾听不仅能拉近心灵的距离,而且是遇见知己的开始。

国际巨星卡罗尔有一次巡演时,空运的吉他被摔坏了。卡罗尔找航空公司投诉,居然没人愿意倾听他的投诉,他们认为卡罗尔小题大做。对于一个艺人,吉他就是他的生命,卡罗尔十分伤心。多次投诉无果的卡罗尔一怒之下创作出一首叫《美联航弄坏吉他》的视频歌曲,通过歌唱的形式,将吉他受损及整个投诉过程中的遭遇展现了出来。

想不到接下来短短两周内,这首歌的网络点击量竟超过了500万。更让人没想到的是,受这首视频歌曲的影响,美联航的股票几天内直跌10%,损失高达1.8亿美元——足以买下5万多把吉他赔给卡罗尔。

"其实,我只想美联航能有一个人站出来倾听我的不满,承认他们做错了,对我说一声'对不起',仅此而已。可是他们没有这样做。"卡罗尔最后说出了自己坚持投诉美联航的原因。你等我把话说完。卡罗尔无非要一个尊重自己的倾听而已。

现在的很多家长诉苦说,自己的孩子进入叛逆期,根本不听话！青春期的孩子不听话基本成了家长共同的心声。但冷静想想，其实这个埋怨的本身就出了问题，我们扪心自问，你认真去听孩子的心声了吗？你知道孩子在想什么，希望什么吗？你要了解孩子，却不去听他的，而是要他听你的，你老是在那里唠唠叨叨的，像复读机一样，他听你什么？！

你等我把话说完，是一种提醒，是对浮躁和急于求成的你我的一种讥讽。上帝创造人的时候，为什么只有一张嘴却有两个耳朵？那是为了让我们少说多听。我们谁也不是火烧屁股，火急火燎的，怎么连等待别人表达的时间也没有？！这是一种"病"，得治。

等待别人把话说完，是一种能力，也是一种修养。有一种倾听叫胸有成竹，沉着冷静。那是一种气势和气场，不语也能威严，无声也能温暖。有一种聆听需要忘我，听落雪的声音，听风过屋檐的声音，听早晨的鸟鸣，听一段美妙的旋律。这种聆听是一种境界和修为。内心安详，才能懂得岁月静好。

贾宝玉倾慕林黛玉，只为那一低头的温柔，目不转睛的旷世的深情。三毛和荷西的深情，也是为那我用六年时间等你一句表白。杨绛和钱钟书的爱情也是感动于深情款款的倾听——我说你一直在听。爱和尊重，有时候就是听的力量，把话听完才是最最深情的凝望。

等别人把话说完是一种素质，看似絮絮叨叨的表达，身前身后却是气象万千的智慧和懂得。听别人说话，其实是在渡你我到彼岸，一回头已是郁郁葱葱，繁花似锦。

千万别把自己的人生调成纠结模式

我有个朋友，人很好，但性格不好。

一起出差，他走的时候就说，借出差的机会一定买一款相机。他先在网上看攻略，然后向我咨询哪款相机功能更好，我也是个相机小白，给不出什么好的建议。于是我就打电话向同学咨询，前前后后不下二十个电话，那天终于定下了买的牌子，我和他去商场看货。

反反复复了很多次，刚出商场他就后悔了，经我一劝，我们总算回到了住处。接下来的几天，他就在后悔中度过。在我看来，相机根本没有给他带来什么享受，反而成了一种负担。

其实想想，在我们的生活中，这样纠结的人不在少数。人生的很多时间都是在与过去决断的事情较劲、反悔，悄无声息地把当下的时光和美好输得精光。很多时候，人生的失败不是因为没有实现，而是错过享受的最好时光。

譬如，做父母的纠结于既觉得自己的孩子不如别人家的优秀，又希望自己的孩子成龙成凤；做老师的纠结于既不允许学生插嘴，又希望学生有创新精神；做孩子的纠结于既厌恶父母管束，又懒得自己出来打拼；做学生的纠结于既不认同老师的某些观点，又怕得不到毫无意义的分数；做爱人的纠结于既放不下自己爱的人，也舍不得爱自己的人；做朋友的纠结于既想得到他的鼎力相助，又害怕他带来麻烦……

人生也是如此，我们有三分之一的行动，却用三分之二的时间来后悔。这样不仅扭转不了已成定局的事实，还会错过当下新的经过，更仓促了即将到来的明天。人生若调成纠结模式，就会不由自主地进入一种死循环，在无声无息中消耗掉所拥有的眼前。

朋友讲了一个事例。

三年前，小孩儿择校，摆在他眼前的是两所大学可选，当然各有利弊，譬如，这所学校环境不错，那所学校专业不错。他就在向左向右的抉择中纠结了很久，总算孩子上了大学。

转眼就到了毕业的时候，他的纠结模式索性倒回了三年之前的选择，逢人就说，当初要是选择另一所大学的另一个专业，就业哪会这么难?！每次有人在那个专业就业，他就不由地说：你看看，当初我们家孩子选择那个专业，现在这个岗位肯定是我家孩子的。大家就很无语，不知道怎么劝他。

人生若调成纠结模式，表面看是在总结上次的得失，其实是在消耗你的时间，徒劳无功。人生若进入纠结模式，才发现我们大多数的人，竟然都不是自己生命的主人。更糟的是，我们往往是自己的决断和反悔的奴隶！

人生有时候真的需要一些猴子下山的精神，见了玉米放下西瓜，拥有芝麻忘掉西瓜的负重。人也需要学会忘记，放得下过去，握得住当下，不奢求未来。人生总有那么几道你无法逾越的坎儿，就算你是拦路虎也没用。人生有时候像竞走，需要合理分配体能，要为自己每一步的起落买单，一路需要有足够的储备。这储备就是果断和向前的心。

一位在众人眼里很成功的年轻人告诉我，如果将来他有了孩子，绝不让孩子优柔寡断，他说很多经验告诉他，有时候莽撞比谨慎更能撞到机会。果断是人生的一块砖头，一砖头砸开的锁，和处心积虑打开的锁，结果是一样的。

想想，挺有道理。人生的路很漫长，无论怎么选择，我们都要走向成熟，都要朝着终点走去。要学会不断地肯定，剔除年少的偏执轻狂；留住当下的敢闯敢干，修炼放下、忘掉的胸襟。其实对与错没有绝对，就看你心灵的境界有多宽广。要学会简单，你对世界简单了，世界也就不会太复杂。每个人都曾经后悔过，但是人生没有回头路，错过了就不能重来，与其在懊恼中纠结过去，不如抓住当下正好的时光美景。谁也不敢肯定，路人甲没有转身的时候。

有趣,才是一个人最高级的魅力

01 >>>>

有人做过一次暑期调查,结果显示,四大名著里最让人喜欢的人物居然是:《西游记》里的猪八戒,《红楼梦》里的刘姥姥,《三国演义》里的张飞,《水浒传》里的鲁智深。

有趣的是,从《西游记》里一身毛病的猪八戒到《水浒传》里膀大腰圆的莽汉鲁智深,他们都不是作者笔下浓墨重彩的绝对主角,却分分钟抢走了书中男主女主的各种风头。

人们一边骂着这些关键时刻掉链子的莽汉,一边又纵容着他们闯的祸和品性里的各种瑕疵,无比牵挂、怜惜着他们的命运。更匪夷所思的是他们既没有超高的颜值,也没有过人的本领,却能一直活在观众的心中。

其实他们有一个共同的特点:有趣。

我女儿是《熊出没》的超级粉丝,但她却独独喜欢那个憨态可掬的熊二。熊二既没有熊大的担当和智慧,也没有光头强的狡猾和贪婪。可他笨拙的说话、无节制的善良,还有纯真的梦想、简单的快乐,和一片树叶都能玩得忘记了忧伤的熊样,都是让人疼爱的理由。

用我女儿的话说,熊二,最有意思!

一个人顶级的魅力,不一定是帅到爆棚的颜值、超高的能力、大悲悯的情怀、菩萨一般的心肠,而是有趣!和他在一起特别快乐、放松,分开之后又特别想念他。这才是一个人的顶级魅力。

有没有发现,有一些人,我们在一开始接触时觉得他特别难看,相处几日后觉得他特别耐看。其实这里面产生的变化,就是因为他是个有趣的人。

人群中总会有那么几个没有什么背景,也没有多大能力,更没有什么颜值,却总是能抢了风头,而且特别招人的人。有他的地方,就特别热闹;有他的存在,就不觉得尴尬;有他的时候,就觉得生活特别明媚。这就是有趣的魅力!

02 >>>>

我同学吉亚,就是一个有趣的人。当年我们同一个宿舍,他家境贫寒,学习成绩倒数第一,相貌一般,但是此人独得老师和同学的喜欢。就连他心血来潮要做一个安静的美男子,在床头上插一把野菊花唱着忧伤的歌,都让人觉得特别好笑。他在哪里,哪里就会流传着关于他的段子。

有一年放假,他被我怂恿着一起去偷食堂里的猪蹄子,正当我们得逞之时,不幸被厨师活捉。那个厨师看热闹不嫌事儿大,顷刻间,我们两个因馋嘴而狼狈为奸的人,在奚落和嘲笑中被围得水泄不通。那时候正是青春年少,虽然脸皮的厚度还行,但经不住这些围观。

当时想但凡有针尖儿大的缝隙,我"嗖"一下就钻进去了。吉亚比我更怂,像一摊烂泥,认错态度超级肉麻。我当时从心底里瞧不起他,默默骂他:"怂包!"我的心情已经坏到极点。

搞笑的事情,在后面。

曲终人散后,先前那个软蛋怂包吉亚,居然从袖筒里掏出半拉猪蹄子,一本正经地安慰我:"好汉不吃眼前亏!吃饱了才有力气反思!"

我现在都记得吉亚那张糊了猪油和尘土的笑脸。那张脸特别像舞台上的小丑,关键是他特别庄严的吃相,我一想到都忍不住要笑出声来。那天,我们两个好汉喝着凉水,吃着猪蹄,打着饱嗝,瞬间就原谅了自己做的丑事。

去年,我们三十年同学聚会,几乎所有人见面都在询问:吉亚来吗?我和吉亚开玩笑说,从这个意义上来说,数你活得最成功,人们都想你。聚会的时候,人们给吉亚的评价非常统一:他是一个有趣的人!

03 >>>>

当一个人活得有趣,其实这个人就活得通透了。有趣的人不一定能成就多大的事业,但他能成就快乐的生活。能让生活有质感和喜感的人,其实才是真正的强者。一朵花开就能灿烂,一阵清风也会憧憬,生活越有喜感,幸福指数才会越高。

那年我带一个深度游的团去牧区体验生活。我们四个人，喝了酒，还觉得不够尽兴。在雪夜，四个人唱着一首歌，在月光下跳着舞玩到深夜。有个同行的教授感慨道："那夜给我的心灵洗了一个澡，那些得失、爱恨、悲喜，在这辽阔的原野上，都抵不过这一场随心所欲的舞蹈。"他说，这就是有趣的魅力。

有趣的人，不是贫嘴和恶俗，不是出丑和滑稽，是一种内在的智慧和对生活豁达的理解后的淡定和看开。

是如坐春风的明艳，是素心包容的豁达，是山清水秀的情怀，是清澈如镜的明事理。

有趣的人一定是个幽默的人。他们有能力把败兴的生活修饰成展油活水的灿烂。一段悲伤，一次风雨，都可以被抖成包袱，他们能化腐朽为神奇。

一杯烈酒可饮风霜，也可温喉怀想。同样是大雪封路，既可想成老天留人，把酒言欢，也可想成命运不公，断我行程。

有趣的人，总会换个角度让生活变成情义和唯美。

我有两位挚友，婚姻都不太如意。一个是悲伤的人，朋友聚会是她倾诉的专场，倾诉的内容譬如说老天不公、造物弄人、红颜薄命、一声长叹等等。

另一个是有趣的人。在谈起她的婚姻时,她是这样描述的,年轻时用尽力气追求对方,结果不重要。但她告诉我,要想闻到新鲜上佳的空气,必争上游风口处的有利位置。每一个有她在的场合都是欢乐的海洋。事实上,她用有趣的魅力把刚性的生活过成了柔美的风景。

套用一句伟人的话说,一切悲伤都是纸老虎,藐视它的时候,悲伤就会减半,风趣的时候,快乐就会加倍。做一个有趣的人,让生活每天都充满段子。

来,跟着我做一个体面的阿Q。

面对贫穷,我们可以这样调侃自己:每天早上起床都要看一遍"福布斯"富翁排行榜,结果上面依然没有我的名字,于是我很生气地对那个粗心的校对说,又把我漏了?

对那个辜负我们的人,要发一个短信提醒他:最近又有什么悲伤的事情,讲出来让大爷再写一段心灵鸡汤,如何?

对我们这种英雄无用武之地的境遇,我们会这样安慰自己:对于我这样的大金子,你还能做到狗不理,小心我哪天发光,亮瞎你的眼睛!

当然对于那些看不起我们的人,我们会理直气壮地告诉他们:老子是天鹅的时候,你还是一颗蛋!

有趣的人，其实就是用捕大鱼的网子考量悲伤，而后用选面粉的筛子捕捉幸福。所以放眼望去都是拥有和满足。做一个有趣的人远比做一个有爱的人更能左右生活的基调。

这就是有趣的魅力所在！

情商高,并不等于有情怀

在我的记忆中,高娃姑姑是一个特别爱美好的人。哪怕在人烟稀少的牧区牧羊时,高娃姑姑也会把洗得发白的袍子收拾得整整齐齐,连边角的皱褶都会用手熨平。听说快不行的时候,她还请求她的侄媳妇给她把内衣穿好。

即便到了六十岁,高娃姑姑的脸上还会有少女一般的羞涩和腼腆,就是在路上偶遇一位远房的长辈都会谦卑地行一个大礼。我那时候还小,不解,也问她:"何必那么认真?"高娃姑姑就会佯装生气的样子训斥我:"尊人是尊自己。"

高娃姑姑会由衷地赞美一朵正在开花的沙葱,会为一只飞过屋檐的胡燕儿担心旅途太过遥远。她也会把捡回来的牛粪摆出各种造型，给探出头来的牵牛花搭建脚架。她也会给每一只羊起一个好听的名字。

以前不懂，等到中年，我才知道这就是情怀，高娃姑姑就是情怀的样本。她把枯燥的生活过出了诗意，她把空白的人生活出了柔情。这就是情怀。

某一年，在青海尖扎，我认识了一个小喇嘛。我住在他的房间，发现每天晚睡之前，他会点一点儿藏香，让每一本经书都有藏香的味道。他粗粗壮壮的，却会早早起来，上山采几支带着晨露的格桑花，插在床头的空瓶子里。他细心地把废旧的衣服改成厚厚的棉垫，放在藏传佛教寺庙的门口，给闲暇的藏民歇脚用。现在想来，这就是情怀。

情怀不是说出来的，也不是情商高就等于有情怀，情怀有时候是傻傻的、笨笨的执着，是细细的、密密的认真，是一粒沙里的辽阔，是一滴水里的清明，是一朵花里的诗意，是一次遇见的敬重。

我遇见过一个人，据说一周不去剧院听交响乐就觉得自己满身烟火气，洗澡都是撒着花瓣，小口喝着红酒，满脸胡子却把自己整的就像上海滩的名媛似的。开口闭口都是禅语顿悟，曾经沧海，引经据典，出口成诗。据说，他的情商很高，先前的几个女友全是偶遇，一见钟情，瞬间就能把对方拿下。但与之同行去了一次牧区，我就对他大失所望。

他穿着皮鞋，拿着鞋油，行走在沙漠里就像怕踩住地雷似的，高抬腿，跳着走。问起原因，他说："沙多脏，我怕把鞋弄坏!"先前口口声声的情怀，侃侃而谈的渊博顿时在我眼前消失得无影无踪。

情怀是什么？情怀是心境。是心灵的满足和随时准备迎接美好的态度。

卑微到尘埃，仍然不平庸，依然有自尊，就是情怀。

春风得意时，施舍不居高临下；同情弱者时，依然平等对待。这也是情怀。

对待生命，懂得庄严，还有敬畏和仪式，也是情怀。

别人悲苦的时候，我不炫耀快乐；别人快乐的时候，我不扫兴气愤。这更是一种情怀。

有分寸，还得体，还能被感动，还懂得柔软和细腻，是一种情怀。

情怀是对情义的仰望，是有底线的善良和拒绝。

"偷来梨蕊三分白，借得梅花一缕魂"，是情怀。

"问世间情是何物，直教生死相许。天南地北双飞客，老翅几回寒暑"，是情怀。

"世间安得双全法，不负如来不负卿"，更是情怀。

从"黄河,你尽管流哇,你怎么黄个蛋"的喊叫到"九曲黄河万里沙,浪淘风簸自天涯"的叹喟之间就差着一个情怀的距离。

情怀是一种只可意会不可言传的东西,是一种怀揣着崇高的梦想,让柴米油盐有了诗意,让酸甜苦辣有了韵律的东西,是让平凡人世间有了盼望和信仰的东西。钉鞋的丈夫怀揣着一个热腾腾的烤红薯冒着寒风给扫街的妻子送来,扫街的妻子双手捂着冻红的耳朵,是一种情怀;一对恋人迎着落阳,向往着一次远行,守护着一句"执子之手,与子偕老"的承诺,也是一种情怀。

情怀是一种笃定,是相信自己的未来,相信生活还有诗歌和远方。年少时拥有梦想,年轻时拥有激情,年老时拥有纯真,心里莫名地期许,等待一场遇见和重逢,也是情怀。

套用一个网络句子:情怀是根植于内心的崇高,无须刻意敬仰,是遵从内心的憧憬,是波澜壮阔的格局。

谢谢你的不喜欢，让我成为更优秀的自己

昨天，我的平台收到一条留言，看样子是个年轻的小伙子，他说他最近情绪很不好，原因是喜欢一个女孩，可是无论怎么努力，那个女孩还是拒绝了他，他觉得自己的天都是灰色的。他说他看过我的很多文章，觉得我是一个过来人，是个知心大哥，让我给他一些安慰。我本来想讲一个故事给他听，但篇幅太长，最后送给他的话是：你应该谢谢那位不喜欢你的姑娘。

我想告诉他，爱情和婚姻是两种形式，爱情是出世，婚姻是入世，一个在尘埃之上，一个在烟火之中，喜欢的不一定是适合你的。当彼此的荷尔蒙过去后，懂得彼此才是最安然的状态。她的不喜欢，或许

给了你一次重新认识自己的机会。爱是两心相悦，不是你追我跑。看上去很美的往往是风景，是需要隔着距离的欣赏，而不是烟火人间的丈量。婚姻是爱情的落地项目，从规划到实施，其实就是一个缩水和修改的过程，没有一个人的爱情在进入婚姻后还能保持最初的模样。

徐志摩和陆小曼，一个是风流倜傥的才子，一个是貌美如花的名媛。他们爱得死去活来，双双背叛婚姻，那架势就是不走在一起一天也活不下去的样子，终于有情人终成眷属。一般这是电视剧的结尾，从此他们过上幸福的生活。其实在婚姻里，这仅仅是一个序曲。

接下来，等荷尔蒙平息之后，曾经至死不渝的灵魂伴侣，才发现彼此也不过是世俗生活里的路人甲。写诗的大才子也得为五斗米四处奔波，也期待回家后有一个知冷知热的伴侣熬点小米粥为自己暖暖身子。而实际上这些陆小曼都不会。陆小曼挥金如土不说，大烟抽得那叫一个潇洒和豪迈。为了生计四处奔波的徐志摩一回家才觉得生活原来如此苍白和单调，也渐渐流露出一些怨言。

而陆小曼进入婚姻后也是一肚子的怨言。从她给郁达夫老婆王映霞的诉说中就能知晓一二：和徐志摩结婚后才发现，诗人在生活中其实是一个没有什么情趣的文人而已。结婚后，幻想泯灭了，热情没有了，生活变成了白开水，淡而无味。再之后，大家都知道了结局，一个意外出事，命丧黄泉，一个与烟为伴，孤苦终老。这就是真实的婚姻，我有时候想，要是当初陆小曼拒绝了徐志摩的求爱，会不会是另一番人生景象。

在鄂尔多斯当地，流传着一首蒙古民歌《森吉德玛》，讲述的是一个叫森吉德玛的美丽女子，与草原汉子布和自由恋爱，眼看有情人就要终成眷属，当地有钱人家的小王爷喜欢上了森吉德玛，于是利用权力和财富抱得美人归，但是忠烈女子森吉德玛誓死不从，含恨自杀。人们对小王爷恨之入骨。

而真实的故事中，小王爷是个阳刚、热情、见过世面的痴情者，和所有的年轻人一样，向往美好的爱情。他对森吉德玛也是真挚的喜欢和爱慕。他以为只要努力，爱是可以传递和包容的。得知森吉德玛香消玉陨之后，小王爷接受不了这个事实，瞬间疯掉了。我在想，小王爷不是太爱，绝不会疯掉，不是太过痴情，绝不会如此投入。爱有时候，能化成浩瀚江海，绵延成海誓山盟，沧海桑田。爱有时候，也很决绝，瞬间变成高山深谷，把有情人隔绝在生死两岸。

谢谢你的不喜欢，或许是给彼此打开了另一个缤纷的世界，让爱停留在被拒绝的对面，美美的憧憬，淡淡的幻想，也是一种经历中的风景。再过三五年后，你也许还会想起她来，但肯定不会要死要活。她的拒绝成全了她在你心中的完美，也挽救了你对爱的神圣。

说说我一个同学的亲身经历。他情窦初开的时候，喜欢他们班上的一个女生，觉得全世界最美的女神不过如此。后来也努力写过情书给对方，但被那女生无情地拒绝了，我同学很伤心。高考之后一别就是二十年，但那个女孩儿的影像始终定格在我同学心里最重要的位置。那年同学聚会，他一打听他的女神也在，不管不顾地从国外赶了回来。结果，当年的女神如今是个卖猪蹄子的大妈，扔在大街上比路人甲还平常。那晚，我同学狂醉，说他一生最最后悔的就是参加同学聚会。生生地把他那么美好的纯情打得稀碎。要知道，岁月如流，而爱却封存。留下的一些念想，远远比得到要美好万分。

你的不喜欢，或许是一种动力，为了那一句冷冷的拒绝，我要努力成为你所期待的优秀模样。奋斗的过程，才发现，时光会雕刻，不知不觉把自己塑造成一个刚毅、成熟、厚重的男人（或者柔情似水，百媚千娇的女子）。那时候，你再回头，看看身后，我们已经在两个世界里灿烂成不同的风景。

这时候，你一定会由衷地说：谢谢你当初的拒绝，让我在路上看到了更多的风景，让我变成更优秀的自己。

你的忙碌不是勤奋，而是不懂生活

过分忙碌不是勤奋，而是无能的表现！

一次做深度游，几位好友留恋在小镇的时光，喝茶，聊天，看着夕阳渐落、河水流过，坐在清风里静默。路遇同乡，匆匆赶路，自豪地说，一天看了三十个景点。再问我们，三天看了一个小镇，还能快乐成如此。我怜悯他们匆忙的时候，他们一定觉得我们在浪费时光。

旅行是什么，是刚刚好的遇见，与时光握手言和。而奔命般的赶路，不是旅行，是经过而已。

亲爱的你，我想告诉你，过分的忙碌不是勤奋，是奔命。生命没有往返，过去的就是永远过去了。人来到世界上，是一点点的经历，不赶也会老的，不急也会长大，你领跑成世界第一，又能如何？徒留遗憾，因为赶路，忘了自己而已！

那年有个领导动员职工工作要有"五加二，白加黑"的干劲儿。动员会上，大家被激情点燃得热血沸腾。有那么一刻我突然觉得有些悲哀。

很多人一出生就被灌输"不能输在起跑线上"的观念，每个人都是百米运动员，气喘吁吁地往死亡那里赶跑。即便是那位号召我们要"五加二，白加黑"的领导，也是紧紧抓着权力，事必躬亲。我看他的人生有时候比我们的还可怜。八点半上班时，门口就排了几百米的长龙，都是等着办事、请示汇报的人，十二点半我们走的时候，后面还有几十号望眼欲穿的人。

这样的工作量，三五年过去，"三高"应该会有，即便有着再高的职位又能如何？所以，这种状态的人一般脾气怪异，不好接触。那时，我就不禁感叹："对自己好点儿你能死吗?!"

人这一辈子真的不算长。有时候我们被一种莫名的节奏裹挟着前进，仿佛缓慢下来，就是耻辱，就会嫉妒眼红崩溃一般。

更可笑的是，在这种节奏前，每个人见面的招呼都是：最近忙吗？仿佛不忙就是罪过一般，这样的结果弄的很多人不是在加班就是在加班的路上，仿佛这般才能显出工作兢兢业业，而自我呢？实在可悲。我也奇怪，本来两个小时能办完的工作一定要用一上午的时间，不然闲下来的时间被圈养在单位，不让上网，不让看书，不让和同事说话，像草原上被禁牧的羊群，都很肥，但肉很难吃。在这种节奏里，每个人都忧心忡忡、面容憔悴，说话低三下四。这样工作几年，我们就被裹挟在洪流里忘掉自己了，而且很多人都习惯了这种生活，美其名曰"安分守己"，其实是我们把自己的心灵囚禁起来了。一个灵魂不自由的人，怎么能有飞翔的快乐和幸福！

这个世界离开你照转，在这个世界，你永远超不出一秒的距离。有次我出差返程中，后面一辆车要超车，喇叭按得山响，仿佛再不避让就要飞过去一般。我和老婆说，快让后面这个先走哇，这人赶着活呵。大约过了十分钟，前面堵车，传话过来说有车肇事。等我们经过肇事现场的时候，留意了下那辆肇事的车，我老婆眼尖看出居然就是那辆着急超车的车。车已变形，人也呜呼了，这够快的，马上就走完了自己的一生！

为什么我们不能缓慢一点儿?! 为什么要让生命被其他东西占据上风?! 我们还有那么多的风景，那么多的美好没有遇见，单纯一点儿，干净一点儿，好好享受生命的奇妙旅行，好好活着，毕竟我们会死很长很长的时间。

快乐有时候真的像是掉在草丛里的针,你不找它,它即使生锈也不会找到你的。

从这个意义上,我十分敬仰圣主成吉思汗,要说权力,他已经得到了整个世界。但是,圣主告诉他的子民,蒙古人是长生天的子孙,草原是我们唯一的家园。所以明智的圣主归去后把自己掩埋在草原深处,生不带来死不带去,归于大地才是真正的入土为安。他化成了山河和明月,看着草原的辽阔和舒展,不像一些帝王,活着贪婪,攥着权力,日理万机,死后把自己埋葬在华丽的地宫,却被他的后代挖出来抛尸白骨,万世不得安宁。这样的灵魂真的无家可归。如果真的有来世,被抛尸者肯定肠子都悔青了,还不如裹一草席,与山川、大地融为一体。一代枭雄最后被那点儿私欲和贪婪鞭尸荒野,这样的结果是多么的悲哀!

前一段时间,有几位所谓的专家和当地的朋友探讨成吉思汗墓地的位置,被朋友冷嘲热讽一顿"把你们的祖先祸害完了,又打成吉思汗的主意"。事实上,朋友不知道成吉思汗墓地的位置,就是知道也不能做这脏灵心的事情。幸亏他们没去牧区谈论这件事,不然他们会被人们用羊鞭赶出家门。

当下,好多人都在奔命,都在消费我们的未来!忘记缓慢,忘记宁静,忘记远行,甚至忘记了亲情和感恩,忘记分享,忘记发呆,最后忘记了自己。

做什么事情都带着目的和功利心,最后我们被欲望裹挟着前进,像吃了兴奋剂的运动员,内心不再干净和纯美。我们把最好的年华给了工作,我们的生活哪儿去了?除了盼望孩子儿孙归来,我不知道我们的老人还有什么梦想。

昨天看了百岁老人杨绛的百岁感悟:我今年一百岁,已经走到了人生的边缘,我无法确知自己还能走多远,寿命是不由自主的,但我很清楚我快"回家"了。我得洗净这一百年沾染的污秽回家。

大师都觉得来人世间沾染了太多的污垢,何况普通人呢?岁月是个导师,生活从此风轻云淡,只是可惜呀,那些大好年华哪儿去了?

对自己好点儿,我们其实都要静下来问问自己,我们跟自己没仇吧?做人的时候善待自己,上了天堂一定是个善良的神仙,因为所有的世界我都用心品味过。不亏!

因为贪婪而忙碌,不是勤奋,是不懂生活。真正的生活就是每一寸时光来临的时候,我们能从容地接纳。缓慢不是懒惰,是遇事遇人的尊重。人生就像阅读,只为一点点地浸润,而不是看工具书,立马能在生活中利用。

毕竟，人生下来，活下去，不仅仅为了获取。与其匆匆赶路，到达终点，体会漫长的衰老，不如从容地经历，看遍万山红过，品尝细水长流。

人生的丰盈，有时候恰恰是因为做了一些无用的事情、养心的事情。

最好的情义就是百处不厌

我有一个老大哥,他是个大暖男。他一辈子勤勤恳恳,虽然只是普通人,但是与他交往的人都对他掏心掏肺,不离不弃。这些人中既有四十多年的老战友,也有飞黄腾达的老同学,更有像我这种年龄相差二十多岁的忘年交。大家对他一致的评价就是百处不厌!

事实上,每次无论是逆境,还是喜大普奔的时候,找他说道说道,得到他耐心的分析和由衷的喝彩,像获得一枚勋章似的,特别有成就感!

那天,我和老大哥小坐,还有他一个事业成功的战友。这个人平时趾高气扬,志得意满,很难有人能入他的眼,唯独在我这个老大哥面前,永远是一种谦卑和仰视的样子。我十分不解,按理说,老大哥既没有显赫的社会地位，也没有过人的才华谋略，为什么会有那么多人和他百处不厌呢？

那天我们都喝了点儿酒，他的战友讲起他时，感慨万千，一语中的，揭开了我心中的谜团。他战友说，他的大半生说不上阅人无数，也算经历过风浪，可是很多人从他的生命中来了又去了。从熟悉、挚交到渐渐陌路，这是朋友命定的结局。可是四十多年来只有他，能做到为对方由衷地喝彩！那天他朋友感叹道："好朋友除了会在低谷时帮助你，在你处于高处时，由衷地为你喝彩才是百处不厌的缘由！"

是啊，朋友之间，大多是因为起步相同，经历相似，彼此的经历存在于彼此的记忆中。朋友是你优秀的参照物。我们往往可以做比肩前行的战友和同盟，却很难做到由衷地为对方喝彩！

从朋友到陌路，不是情义淡了，关系疏远了，而是因为你的优秀让他心理不平衡，你的进步会比较出他的落后，你的超越会显得他无能。嫉妒是所有朋友成为陌路的杀手！

朋友之间百处不厌除了我们有共同的经历，相同的过往和患难之中的真情实意，更有一点就是无论对方有多优秀，你还能由衷地为那个曾经的战友喝彩。我们每个人之所以努力，很多时候，就是特别渴望那个在乎的朋友嘴里说出肯定。很多时候，我们更看重一个人的情义和度量。

世上对朋友较高的评价，大概就是这四个字吧：百处不厌。而情义从来都是两个人诚意努力的结果。平凡的我们，一生既不会天天高潮荣耀，也不会日日低谷黯淡，大多数时候是在柴米油盐、酸甜苦辣中庸常生活！朋友之间的百处不厌，更看重的是得意时的真心喝彩，失意时的由衷挂念。

扬在脸上的真心祝福，长在心底的牵挂相助，融进血里的彼此懂得，刻进命里的共同经历才是好朋友的硬性指标。

优越不居高临下，喝彩不刻意奉承，黯淡但不消极面对，低谷不幻想别人施舍，才是当初交朋友的初心。而情义这个东西，往往看似是冬天枯树，长着长着就遇上了春天。枝繁叶茂和蓬勃生机那都是真情交往必然的结果。

百处不厌的背后一定有宽广的胸襟和善良的心。其实通往成功的路是可以并列出现的，这个世界只有优秀没有指标和限制。明星成功都可以成为你我的榜样和力量，那身边的朋友出众不是更应该得到我们由衷的赞美和喝彩吗？

用我那位老大哥的话说：为什么要嫉妒？身边的朋

友都好,说明我的眼光很好。你们都优秀了,不是更好吗?

支撑两个人百处不厌的交往的,是情义始终,是彼此的信仰。不攀附、不嫉妒,相对独立、各自生长,才是情义较舒服的模样!情义较奢侈的配置不就是岁月颠簸有人陪伴,余生悲欢有人懂得吗?

每个人都是独立的个体,情义的融汇让两个孑然独行的灵魂有了共鸣。惺惺相惜而又彼此欣赏,才是百处不厌的模样。

朋友真的就是用来力挺和互捧的,袖手旁观和幸灾乐祸是做不了朋友的,吝啬赞美和克制喝彩只能让情义疏远。朋友永远不是你的对手和人生导师。他就是你酒后吐真言的小伙伴,是在你面前失态也不觉得丢人,有了收获第一个想和你分享,有了挫败第一个找你倾诉的人。朋友就是那个在外面风光无限,只要在你的面前就时而是个神经病,时而是个胆小鬼,时而是个草莽英雄,时而是个两肋插刀的主儿!

那天陪女儿看动画片,有个情节让我特别感动:两只蚂蚁相遇,一只对另一只说,我们是体型如此微小的同类,却能在大千世界不期而遇,我们是不是彼此拥抱一下表示庆贺?我们人类在这宇宙之间,何尝不是生如蚂蚁?两个有缘的人相遇,这何尝不是一次极端稀奇、昂贵的重逢？况且百处不厌的朋友，更是心灵的匹配，情义的共处修来的结果，是需要长途跋涉才能达到的重逢！珍惜都来不及！别错过，这一生那么短，一别，就是一生！

朋友相交，贵在长久。百处不厌的样子就是快乐有人分享，情义就会加倍；痛苦有人分担，悲伤就会减半。有人懂得你的心声，有人明白你的心疼，以心交心、以情暖情才是百处不厌的较正确的打开方式！

以此推理，爱情、亲情，人世间所有情义的相处何尝不是如此？

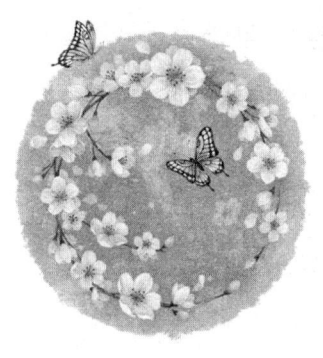

辑二

请善待另一个不完美的自己

请善待另一个不完美的自己

01 >>>>

有幸参加全国首届网络作家培训班,见到了许多大神级别的同行。他们要么年纪轻轻已经著作等身,要么年创作几千万字,收入以千万计。而且他们都是谈笑风生中就日更几千字,人设巧妙,逻辑清晰,文字流畅……

那时候会不由得比照自己:年龄大,虽然出了三本书,但都是边边角角的小文章,一年写了不到一百万字就感觉喘气马趴、力不从心。

收入更是羞于说出口,最主要的是本事不大,毛病还不少:人多、嘈杂时写不了东西,光线昏暗写不了东西，只有在自己的电脑上，看着熟悉的桌面背景，界面必须是设置好的五号字体，然后再泡一杯茶，才有写作的冲动……

人比人活不成，骡子比马骑不成。说时迟，那时快，有一种叫自卑的东西瞬间生成，万千情绪转换成几个字：真无力啦！

02 >>>>

培训结束后写了一篇网文，想不到反响非常强烈，曾经被我怼过的"敌人"奔走相告，一度出现大快人心的"和谐"场面，留言中透露着以下情绪：老喇你终于也有今天！

当然，也有一部分对我恨铁不成钢的朋友，用我泼出去的"鸡汤"安慰我：瞧你那点儿出息，自卑有用吗？憋回去才是男人！

最令人意外的是，一位我仰慕的已功成名就的网络大神给我后台留言讲他的经历：你只看到了别人光鲜的一面，其实每个人都有不为人知的另一面。

比如他，他还羡慕我的成熟、幽默、豁达，文笔优美，才情过人。

他自卑的时候，完全否定了自己。特别是在很多次卡文的时候，那种挫败感令他不堪一击，他很多次怀疑自己不是写网文的料儿，他一个人落泪，一个人失望，一个人无助，一个人忧伤……

老实说，看到这段文字，我释然了。

03 >>>>

原来，每个人都有别人无法读懂的另一面，在别样的环境、遇到别样的人之后，那个连自己都不知道的自己就会显露出来，那么怯弱，那么无助。

哦，原来这也是自己！

自卑是看不起自己的另一种表现，从那天起，我的内心中有个声音告诉自己：请善待那个不完美的自己！

生活中，我们总是习惯把自己打扮得光鲜靓丽的，然后再呈现给别人，而把另一个不堪的自己藏在内心深处。

久了，有的人演着演着就入戏了，忽略了那个不堪的自己，鄙视着那个不完整的自己。

所以，当另一个自己走出来的时候，我们会不知所措，落荒而逃，不敢面对。

04 >>>>

主持人倪萍在自己的回忆录《日子》中讲到一个细节：刚进中央台的时候，看到比自己更年轻的杨澜。她不仅漂亮知性，而且精通外语，口才一级棒。每次和杨澜同台的时候，莫名地会有一种压力和说不上来的较劲。

现在想来，那就是另一个自卑的自己，一比较才发现自己的劣势。

倪萍在文中继续讲述：有一天直播，久经沙场的她依然觉得忐忑，生怕上台后有什么差错，于是早早地来到后台背台词。

想不到等她来到侧幕的时候，已经有个人在那里借着一缕微弱的灯光认真地背词，那人就是杨澜。她们心知肚明地互看了一眼，才发现同样卑微、紧张、胆怯的另一个自己都写在对方的脸上。

很多年后，非常巧，我也看到杨澜的一篇文章，原文忘记了，大致意思也是讲述她不为人知的另一面，比如她羡慕别人的机智、幽默，甚至是一副可以歌唱的好嗓子……

每个人都有不为人知的另一面，那一面承载着你的怯弱、自卑、孤独、无助……一切看上去似乎拿不出手的东西。

可这个自己，终究不会因为个人意志而转移，他（她）会陪你一生。

用倪萍的话说：认识另一个自己，除了努力，就是认清自己并承认自己，才能和平相处一生一世。

远方是一道可以抵挡岁月侵蚀的矮墙

送走最后一批客人,整个园子突然安静下来,连那一池怒放的睡莲也仿佛麻利地换上了睡衣,懒懒地倚靠在水面上,顶着半花的妆容,四仰八叉地睡去。

我在园子里面又溜达了一圈,好像热闹的余温还未散去,讲了一半的笑话还在树梢上挂着,这才发现还有好多话忘了追问,还有好多美景没来得及分享,好多投缘的人未来得及引荐,好多内心里的感触未来得及倾诉,那几包送朋友们的茶叶都忘记在吧台上……无论多么从容的告别,总会有一些遗憾和不舍。

这段时间,继续在书房整理各种"景致",每天都会在惊喜和期待中度过,尤其看到同行的朋友那种由衷的喜欢,心里会生出一些莫名的成就感,就像一个人很多年前许下的诺言,终于如愿兑现的感觉,是满满的幸福和安心。不过越是美好的风景,越会有一些遗憾,总会想起一些人,心想这是张三喜欢的调调,那是李四喜欢的调调,如果他们在,该有多好。

回到房间,原本打算整理一下照片,赶紧把这些天记录在备忘录里的文章写出来,刚开了一个头,一种莫名的空落涌上心头。这才发现身前背后是无语般的苍凉,那种从心中弥散开来的孤独深深地淹没了我,马不停蹄地正在和无数个曾经的自己会合,成群结队地奔赴一个叫远方的地方。

不知道从何时起,远方让我总会有一种宗教般的敬畏。它让出发变得有了仪式,让抵达变得神圣和令人向往。我的心中慢慢升腾起一些久违的庄严,甚至还有一些说不上来的忧伤,整个人渐渐变得清亮起来,青涩起来,内心被一种莫名的忐忑和期待裹挟着。这不就是十八岁那个羞涩而茫然的自己吗?这不就是二十多岁那个桀骜不驯的自己吗?这不就是三十多岁那个清高而又清冷的自己吗?这不就是四十岁那个认怂又莫名的孤独的自己吗?他们是无数个我奔赴成一个我,在远方的召唤下,一点点地从当下油汪汪的日子里醒来,像一具渐渐枯萎的生命终于有了色泽和温润。远方无疑是那冗长生活里的一股清风,让你还有憧憬,还有盼望和期待。

远方的魅力不仅仅于此。它还是暗夜里行走的一道暖光，一点点地点亮前方和未知的单调、枯燥；它也是出发必不可少的理由，为了遇见美好而做的一次长长的铺垫，让希望和期待有了方向；它也让圈养的目光有了一次放生的机会，原来在井底之外的世界可以有无数种可能；它更是一把开山劈水的武器，刨开世故和麻木的老茧，让以为一眼可以看到头的人生有了新的版本和可能。这就是远方的魅力！

我来云南之前，很多朋友为我送行，我隐约能感觉到，他们对我这样的选择有一些担忧和怀疑。那天几个人坐在一起闲聊，聊起关于年老的话题，我当然依然坚持我的观点：人是瞬间变老的。比如，我是从相信内心深处那个要等的人真的不存在的那天开始变老的。想不到，我旁边一个一直沉默的大哥突然说，他的老是从某一天突然发现害怕远行开始的。

接着他讲，在他四十八岁的某一天，接到一个可以去某国访问学习半年的机会，那个国家是他一直向往的地方，但是当他开始收拾东西准备出发的前几天，想想有半年不能吃他喜欢吃的手把肉，想想他换了床就睡不着的习惯，想想还要重新开始的社交……他发现曾经的那个职业使旅行的自己开始恐惧出发，开始惧怕远方。他说，那一刻他就败给了岁月，而后才发现自己真的老了。临了,他甚至断言,一个人开始惧怕远行的时候,就不得不承认自己老了!他说他羡慕我在四十多岁时还有这种勇气,这说明我还不老。他给我的离别赠言居然是:趁着对远方还有憧憬,请为自己献上由衷的祝福吧!

听老兄聊天,特别感触。深以为然。

无独有偶,我微信好友里有个读者,每次在我出行的时候,总会非常内行地提出很多意见,我也一直当他是旅行专家一样诚恳地向他请教。尤其是他的朋友圈每天至少要发一条旅行感悟的鸡汤句子,譬如:没有到不了的远方,只有不行动的幻想;哪有什么岁月静好,只是有人为你负重前行;远方有多远,谁能告诉我……

知道我喜欢旅行,他天天发私信给我:下次,记得约我,我一定和你同行一次,告诉你旅行是什么样的!我也很期待,觉得他是旅行达人,和他同行会有很多收获。想不到这人从年初一直说到年底,每次出行总会有意外的事情,理由也是五花八门的,比如孩子突然要结婚啦;最近心情不好啦;父母年事已高,怕子欲养亲不待的遗憾啦;听天气预报说我们出行的地方有暴雨啦……时间久了,我也不太相信他的话了,再组织旅行也不会通知他了。想不到就在我来民宿的这几天,他又发私信给我:请发一个旅游线路和预算,我要来旅游了。

我一听他要的东西，就断言他就是过过嘴上的功夫，就婉转地拒绝了。我告诉他旅游不是旅行，民宿不是客栈，建议他报个旅行社，跟上团先走走，懂得旅行了再联系。

很久没有联系，前几天他突然留言给我，让我给他规划一个旅游线路图，他想在五天时间内把大理、丽江、香格里拉、西双版纳所有的景区走一遍，一天至少要转二十个景区。我觉得他拿一千元就想当一个阿拉伯王子，飞机是他们家的，景区为了他可以临时重新排列。

看到他的留言时，我正在开车，未来得及及时回复，想不到等我回复的时候，系统提示我们已经不是好友，我竟然有点儿谢天谢地的释然。就在昨晚，此人又申请加我，想和我探讨人生。我突然想起老兄说他年老的分界点，就是对远方有了畏惧，联想此人每天发出来的鸡汤句子，心里竟然有一些莫名的心酸。有些人尚未来得及去远方，就老得这样不堪和落败，被岁月阉割在故乡的幻觉中。他一定觉得全世界数他的钱值钱了，可惜了来这尘世上走一遭。

我没有搭理他，直接把他拉在黑名单里了。

越来越觉得，人这一生没有一次抵达远方的行动，真有点儿委屈自己的一生。活过,死过,才能复活;走过,见过,才叫远方。我在未老之前,还有远行的能力,用敏锐的触角,在这红尘中撒野。这样想着,竟有些窃喜,何德何能,让上苍赐予我一颗细腻的心,一具健壮的体魄,一个有趣的灵魂,丰盈我在人世间的每一个日子。一切美好与温暖沉默如影,一路相随。

那么我还奢求什么?只希望依然对远方还有追逐的能力,对烟火还有感动的能力,对弱小还有柔软的能力,对梦想还有向往的能力,不露声色地抵挡油腻和世故。愿那些被我惦念的人和事全部上岸,各自安好。

愿你我的明天都阳光万里,鲜花绽放。愿每个人都如森林里刮过的风,有着青草般的甜味儿,和着早晨最温暖的阳光。然后我们默默地期许:我们无法阻挡岁月的蹉跎,但一定可以唤醒内心的真挚。

远方将到未到,重逢已经怦然心动!

心安之处是故乡

在我45岁那年的某一天,突然有人提醒我,要学会周旋,要学会圆滑,要学会隐忍,要学会沉默。因为我的直率让有些人感到不爽。特别是听到我在乎的人口中对我的那份嘲讽和责难,我心中觉得特别的薄凉。我们跋山涉水地迎接相逢却总是逃不脱目光的探索和人心的猜忌;我们颠沛流离地奔赴远方却发现早已经背道而驰和随波逐流。

回望自己四十多年来的人生,除了奔赴和妥协,好像为自己的时间越来越少。被学霸欺凌,你会反问自己,谁让你是学渣呢;被同事陷害,你总是安抚自己,忍一忍天宽地远;被朋友辜负,你总是自责过于粗心和自我。后来你就习惯丈量别人的目光,习惯看别人的脸色，习惯参考别人的意见，习惯别人的态度决定你的行动。直到有一天，你发现你已经习惯忘掉自己，习惯合群和随大流。貌似这样很安全和省心，结果有一天却发现自己活成了自己都讨厌的样子，在日复一日的重复中荒度余生。有那么一刻，特别茫然，我也在问自己：老乌，这是你想要的人生吗？

答案当然是：不是！

其实，选择对于我来说，是一件特别简单的事情。因为从来不曾拥有，也就无所谓放下。所以有时候很庆幸，我在人到中年的时候，还有选择的能力，还有柔软的能力，还有出发的能力，还有梦想的能力。

后来就选择了出发！

出发前，一位让我敬重的大哥送我一句话：你最大的优点就是真实，你最大的缺点也是真实，希望你能保持真实，但愿你的今后都遇良人。我知道他是喜忧参半，有一些祝福，也有一些担心。

我是带着祝福上路的。

我的民宿笃定地落在了西双版纳一个离老挝只有3公里的地方。我喜欢这里，除了因为这里的一山一水还没有任何商业的污染和旅游的痕迹之外，更是因为这里的民风淳朴，人们与自然和谐相处的态度。还有一个原因是这个民宿的创始人朱先生，也有一个从城市逃遁出来，走遍万水千山的经历。我们在一些生活态度上有很多同频的东西。我唯一的条件就是，关系越简单越好，与自然离得越近越好。卸掉满身铠甲，让自己的灵魂歇脚。

来西双版纳后听到的第一首歌是《让你听懂我的语言》。据说这首歌是时任西双版纳傣族自治州的州长亲笔撰写的歌词，但是令人惊喜的是，这首歌一点儿政治气也没有沾染上。歌词开头就像有一个轻轻柔柔的女子将西双版纳的点滴色彩娓娓道来：

想摘一片绿叶，想写一首小诗，
告诉你，告诉你，西双版纳总有忘归的感觉。
西双版纳，西双版纳，水一样的傣家姑娘，
让我踏上竹楼的台阶，让我走近你的面前。
想牵一束阳光，想拴一道红线，
告诉你，告诉你，西双版纳总有收获的季节。
西双版纳，西双版纳，水一样的傣家

姑娘，

　　让我听懂你的语言，让我融进你的世界。

　　在这之前，云南的旅游已经被不断妖魔化，除了到处是"坑"，就是缉毒电影的后遗症，似乎每个密林都是一处藏污纳垢的地方。知道我在云南开民宿的时候，我的一些亲戚朋友也会不断地提醒我，不要随便喝别人的水，小心被投毒，不要随便和陌生人说话，小心被坑。

　　说得多了，心里也会有所警惕。偶然和一位在西双版纳旅居了十几年的"驴友"大哥聊起了这事，他刚刚一个人徒步穿越西双版纳归来，他哑然一笑之后，很认真地回答我："以我的经验看这个事情，那些掉坑里的，大多数是爱占便宜的人！"

　　天上从来不会掉馅饼，哪有白吃的果子。相信那些打着零费用旅游幌子的人，说穿了就是自作聪明，是贪小便宜的心理在作祟。

　　接着老哥说，"饺子上没油，蒜上报仇"，记住一条，没有利润商家是不会做的。明码标价远远比这种隐性消费透明和实际。他说，有一年他参加了一次欧洲八国游，费用的确很低，貌似便宜。一程下来，他就发现其中的奥妙了，除了像跑马拉松一样，鸭妈妈领着一群小鸭子马不停蹄地看景区之外，就是强迫购物，最后算下来，比自由行花得还多。这就是传说中的旅游被坑的由来。临了老大哥教我一条："记住，去了占便宜的心理，我保证你不会被骗！"

在做民宿的日子里，我庆幸远离了喧闹，远离了关系的旋涡，和自然为伍，和淳朴为伴。这是我想要的生活。生活变得不再复杂的时候，人就会变得简单和豁达。

我要感谢这里的一山一水、一草一木，是它们唤醒了我的敏感，叫停了那种兵荒马乱的奔波。原来，放慢脚步，云朵都有灵性，河水都在欢腾。也感谢生活在这里的每一张面孔，是他们让我感知到淳朴的温度，感受到幸福不是拥有得多，而是贪婪得少。

走进每一个寨子，最先遇见的肯定是笑脸。面对那些生活也许还不富裕、一生都没有离开过大山的村民，我却一点儿自豪感都没有。他们拥有的是我曾经丢失的东西，比如善意、淳朴、友好、温暖等等。他们还相信世间的美好，相信遇见的隆重，相信信任和善良。他们的笑容会稀释你的警惕，会软化你的坚硬和冰冷。有时候我就坐在他们中间，听他们对未来的憧憬，对陌生的接纳，那时候的阳光和清风是真的可以入心入肺的。当懒散都觉得坦然，缓慢都觉得合理的时候，你才发现失散多年的灵魂正一点点靠近自己。和自己的灵魂相遇的时候，你会觉得无比踏实，那些尘世上的纷争不值一提。郁闷、失眠、委屈、悲愤荡然无存。当自己每天睡得像死狗一样安然的时候，终于懂了：心安的地方才是故乡。

前几天，午后骑着自行车在乡间小路上闲逛，路遇几个从菜地里回来的农人。我们用世界上最通用的手语互相猜测对方什么意思。我本意是夸奖他们的地方很漂亮，他们可能以为我要吃背篓里的黄瓜，其中一个人突然放下背篓，揽了一抱黄瓜直奔不远的小溪而去。我当时就想，这是遇到碰瓷的了，这一抱黄瓜够我十天吃的了。就在我站在那里尴尬的时候，那人已经抱着一抱滴着水珠的黄瓜站在我的面前。目测这一抱黄瓜有十几斤，我已经做好了买的打算。就在我准备掏钱的时候，她可能明白了我的意思，涨红着脸，摆着手，说着我听不懂的话。但我听懂了她的意思：你是我们的客人，不要钱的！那刻我为自己的龌龊心理感到羞愧，我捧着一抱水淋淋的黄瓜，不知道该说什么。她们已经笑着走远了。

也许是我的命好，遇见的都是好人，也许是我来的时间太短，遇见的人都淳朴。这段时间，我几乎天天被这样的情义感动着。那天我去参加一场苗族的婚礼，偶遇一起在雨林吃过一次饭的小白。她在人群中看见我，就像久别重逢的老朋友，跑过来说她遇见我的惊喜，约好了等一会儿一定陪我喝酒。那天，我拍了照片，吃了饭，看她还在那里和酒席上的人招呼，就没打招呼回来了。等我进了园子，收到她数十条语音微信，她的言语里是那种没和我喝酒的遗憾，没听到她唱歌的遗憾。她有一句话让我特别感动：我们好不容易遇见了，啥时候才能再遇见啊？

讲真，这段时间每被淳朴洗礼一次，我就会为以前的计较和贪婪而羞愧。我羞愧于以前貌似成熟的冷静，其实是对生活的冷漠；我羞愧于自己貌似用现代文明的法则谋求安全，其实是浮隔在生活之外的好高骛远；我羞愧于在他人以善意面对我的时候，我的第一反应居然是他有什么阴谋；我羞愧于以孤独的名义，在假清高中安慰自己；我羞愧于自己总觉得到处是陷阱，却从来不曾反思自己有过多少诚意；我羞愧于生活无趣的时候，却不曾低头看一眼那一丛、那一朵为我们而开的花朵；我羞愧于念念不忘的情怀，却不曾为一次遇见、一次重逢、一次热情、一次真心、一条小河、一片云朵，认认真真用心过、欣赏过、珍惜过、在乎过。

此刻,我正坐在南国的一个小镇里,眼前是明艳的阳光,绽放的花朵,流水的声音,自由行走的家禽,远处是繁茂的森林。每一棵树尽管永远不曾有人在乎,但是,它们从来不敷衍每一次绽放、每一个春天,用丰盈和热情来回馈这活着的隆重。

我于是在此文结束的时刻,认真地敲打出这样几行字:这里是逃离寒冷和雾霾的地方,这里是让心灵歇脚的地方,这里是宁静和安然入眠的地方,这里是淳朴和放下皈依的地方。心归版纳,情归暖都,如果你来,我已做好了久别重逢的准备。

守得住宁静才是最高级的禅修

十九岁那年,我像电影里的高加林一样从一天骂八遍的城市回到了牧区,等待一个比梦还要渺茫的消息。

本来以为我可以抵挡这巨大的茫然和空虚,事实上很快我就被眼前的寂静打败了。那种被世界遗忘的恐慌,在牧区的第二个月就成了煎熬。我每天徒步翻越三座大沙,到最近的一条公路上去看人,仅仅就是为了看人。当一个蓬勃的生命把看人变成了最喧哗的存在,其实活着已经变得无比的苍白。我有好几次背好了行囊,发誓就是饿死在外面也不会再回这个被世界遗弃的地方!可惜每次都被自己给自己设置的自尊打击得体无完肤,灰溜溜地无功而返。

后来,高娃姑姑就从遥远的库布其捎来话,让我去看她，并给家人编了一个特别充分的理由，说她年事已高，怕黑，需要有人陪伴，让我即日启程。我便理所当然地走出了大漠。

事实上，等我去了高娃姑姑那里，也好不到哪里。那里也是荒无人烟，也是有着冗长的时光，也是面面相觑的无语，也是内心深处的无法安宁。我笃定地认为，我命运不济，我怀才不遇，我虎落平阳，我落草为寇！刚开始，高娃姑姑看着我像热锅里炒的豆子，上蹿下跳的样子，也不多说。她甚至沉浸在热气腾腾的奶茶的雾气中，悠然地喝着茶，眯着眼睛听收音机里哈扎布的长调。我觉得她这种缓慢而冗长的样子一定是被这孤寂的牧区锈住了内心。否则她怎么可以一个人在这荒凉的大漠住老了自己？

我重重地摔门，故意在她面前提让她伤心的人和事情，说我好高骛远的抱负和稀薄的理想。高娃姑姑也不反驳，甚至还会有那么一抹秘而不宣的微笑。

我说："姑姑，你这一生白活了！"

她雷打不动地喝着奶茶，听着长调。她一丝不苟地整理自己的长袍，认真地梳洗长长的头发。她每次干活儿之前都像出席宴会一般，隆重而精致。我也会和她讲我青春的过往，因为那个辜负她的人替她鸣不平。她每次都会跑题，譬如，明明在说那个上海人的辜负，却在不知不觉中被她带到了玉兰花的形状，火车站的规模，街上行走的人群，蓝色长袍应该缀上什么样的花纹更适合参加那达慕，长调如果翻译成汉语会不会就不那么悠远和辽阔……后来我就无拘无束地向她讲述我内心深处的隐忧和不安，她也总是温和地听着，偶尔发出那种感同身受的语气词。

不可思议的是，慢慢地，我开始变得能与安静和谐共处了，甚至会专注地做一些事情，也会坦诚地审视自己。那一个冬天，我读完了整部《成吉思汗箴言录》，陪着高娃姑姑听了44首长调。我和高娃姑姑心血来潮，把饮过马的废弃水槽搬进了屋内，种了豆苗、葱和韭菜。不知不觉中满屋都是葱茏的绽放，这和冷清的塞北冬天形成了鲜明的对比。那种莫名的富足，让我们坐在这一屋子的繁茂中，居然有一些说不上来的丰盈。

有那么一刹那，我突然明白了高娃姑姑能在这苦寒的大漠中生活一生的秘诀：她一定是找到了与宁静为伍的入口。可惜高娃姑姑在世的时候，我还那么浮躁。

当我到了中年的时候，每每在人生的低谷或者逆境的时候，那段经历渐渐成了我疗伤的道场。最近几年，我更是热衷于去一些没有商业气息的乡村野渡走走停停，每次归来总会有一些收获，我的内心越发笃定和从容，越发能感受到宁静的美妙之处。这些地方让你变得内心安然，那些过不去的拧巴悄无声息地释然了。这些都是宁静给予我的顿悟。

十月份时，莫名地招来一些莫须有的非议和诋毁。我去藏区还愿，顺便拜访藏区队友的阿妈。那天，他们一家正在为新建的房子举行上大梁跳锅庄的仪式。他妈妈听了事情的原委，放下手中的活儿，拽着我和她转山祈福。

一路无语。

黄昏时分，满山浸染在一种瑰丽的色彩中，劳作的人们都已经回家，整个山顶静得能听见自己的心跳。我们转完最后一圈之后不约而同地坐在草地上，望着远处。有一种莫名的安然弥散在我的周身，他妈妈慈祥地端详了我片刻说："求人不如求己，求己不如求心！孩子，菩萨会保佑你的。"

从山上下来，心里特别安宁，心水清澈。在阿妈的提议下，临回来那早，我取道见了十年前给我念平安经的喇嘛。喇嘛居然记得我，甚至记得我十年前穿的衣服的颜色和送我的那个宝瓶的样子，我如实讲了十年来的变迁和想开民宿的心愿。他也不说什么反对或者建议的话，只是送我三个字：往南走！

老实说，我不是一个虔诚的佛教徒，每次都是在人生十字路口的时候，才临时抱佛脚，带着功利的心情，希望能有人给我提供捷径和指点迷津。好在人到中年，经历了太多的辜负和分离，发现人干不过命，命干不过时间，渐渐相信在我们之外有另外一双眼睛看着我们。

那天回来之后，就笃定地踏上南下的路程，后来就有了喇嘛哥傣缘驿站的缘分。

住在客栈，从那一刻开始，仿佛归来一般，我特别享受这种心安理得的平静。每一个角落都似曾相识，仿佛正在相逢一段如莲的时光，采菊东篱，涛声依旧。只是此刻的自己，比年轻时候的自己更沉浸和豁然，更从容和坚定。

黄昏时分，凭窗独立，夕阳的余晖慢慢地洒进屋里，有风却无声，有花却不娇艳，有人却不嘈杂，有伤却不悲苦。心灵开始舒展和释然的时候，心事便一点点透明和清澈。才发现来自内心深处的宁静是可以治愈伤痛的。有那么一刻，那一份跋山涉水的辛苦在夜的静美，月的清亮，绿的飘逸，风的清丽面前都无足挂齿。

南怀瑾有篇短文叫《清福最难》。文中讲清福是连上界神仙都仰慕的生活境界，即使是经历了漫漫修行路也未必能达到的境界。

浸润在这份宁静之中，我突然觉得这是一种富足和福祉。

在这娑婆世界之中，我们能从繁华落尽的寂寞和功利中逃遁出来,找到一份安宁是一件多么奢侈和幸运的事情。况且此刻的自己正在寂静却丰盈、单调却笃定、孤独却充实地穿行人生最壮丽的时光,在历代星辰的指引下,不动声色地迎接一场盛世烟花的重逢。在南国的某个黄昏,无关风月地挑拣着旧时光里的牵念,看着一树鲜花正在眼前绽放!

我老去的时候心静如水

我一直觉得心里住着一个人。这个人我从来没见过,但觉得他特别亲切。

我固执地认为,他一定会来,在某一个醒来的早晨,或者鸟儿归巢的黄昏猝不及防地出现。他也许正在陌生的城市,在茫茫人海里着急地找我。我相信我在人海里一眼能认出他来。他像装在我心里的一团火或者一个念想,见不到他,我怎么敢老去啊!

因为他,我的生命充满了激情和热切,我不敢敷衍每一个遇见的机会,我甚至不敢老去,我每天都在做着重逢的准备。

这样的日子一直持续到我四十岁。在这之前,我每天都会满血复活,向每一个陌生的或者熟知的人,不厌其烦地讲述我的曾经、孤独和悲欢，我生怕因为我的粗心而让你错过了参与我的机会。我也不厌其烦地向每一个陌生人示好，我生怕因为别离得太久，你忘记了我们最初出发的约定。

这样多情而充满期待的日子，一直持续到我四十岁的某一天。仿佛一觉醒来，突然就释然了，我知道那是一个遥不可及的梦，是自己臆想出来的另一个自己。往后余生，孤独是我，发呆是我，悲伤是我，欢乐是我。

也是从那一天开始，我像一条沉在水底的鱼，不再盼望日落，也不再等待日暮。闭着眼睛也知道早晨的阳光从第几个窗棂上射进来，门前的常春藤已经开始掉叶，昨晚最后一段抖音定格在哪里。以前生怕错过的朋友圈动态，现在都懒得往前翻，因为他们那些动态肯定与我无关；不再急急忙忙看手机的短信和微信的新消息了，因为手机短信肯定是银行的催款通知，微信的小红点一定是微商和群发的消息；偶尔有陌生人加我，打个招呼也懒得重新介绍一遍自己，因为我的过去你未曾参与，怎么掏饬你也不会感同身受，我未来的样子就是现在的状态，波澜不惊，我已经习惯了独行和自救……

人是一瞬间就老了的，从心里那个虚幻的人消失之后，从接受了当下的自己开始。一瞬间就放下了那团火，那个殷殷的盼望。像一个摔坏的破罐子，岁月是他，平淡是他，认命是他，安然是他。

不再期待大雪封路时有人来看我，不再奢求春暖花开时有人会来，不再为一趟远行怦然心动，不再为陌生的人海里一个莫名的微笑而浮想联翩，甚至不太喜欢见旧人，不太憧憬久别重逢，不太爱逛商场，不爱穿新衣服，不太热情地重新认识一个人，不太用心地维护一段情义，懒得诉说，也懒得倾听，爱恨情仇、酸甜苦辣与我无关，什么委屈和误解，只要睡一觉就好了，懒得争辩，懒得认真，懒得比较，懒得较真……

也是从那一刻开始，那个蠢蠢欲动的春天渐渐消失在冗长的时光里。这种消失远远比接受世故更沉重和艰难。内心放空远远比冗长更遥远，更寂寞。也是从那一刻开始，我终于明白打败我们的不是接受了平凡的自己，而是接受了平凡的岁月，这种平凡像涅槃重生，像与曾经的灵魂无语相送。再一次醒来，我将不再是我，这个崭新的自己，是另一个开始。

我清楚地知道，当下的我是因为无数场忐忑的相逢、恐惧、悲伤的离别而驱走了内心中的那个人。自从他消失之后，我的周围开始弥散着无数多的清冷，我已经适应了无数次的遇见和离别。迄今为止，哪怕是生离死别，我都能坦然接受。尽管也会流泪，但是我是那么认真，那么仔细地看着他们决绝地离开。看着他们甚至对死亡不再恐惧,我竟然有一丝说不上来的释然。仿佛一首歌曲里描述的场景一样,我觉得在我看不见的世界,有一个灵魂正轻轻走过曾经的家,默默地向我挥挥手,告别我们轮回的缘分,应召而来的神鹰,打开一条充满阳光的天路。

我不再怀揣遐想和憧憬,终于接受了这个脚踏实地的人间,明白平凡并不可怕。平凡不是冗长的重复,而是足够驾驭独行的日子的能力和笃定。我终于不用忐忑地寄希望于某一个人无缘无故的懂得和相伴。一旦明白在这个世界上注定有一段独行的路要一个人经过,那些细沙流走的光阴,那些冰凉如水的过往,瞬间就变成了落花不悲、柳青不狂的淡定。韶华与皓首,每一个的来临都是锦上添花,每一个的流失都是雪中送炭。

无论在我面前有多少跌宕起伏的热闹和冷清,我都能善意地在心中默念一句:"永远不要嘲笑别人的梦想,即便它真的可笑!永远不要嘲笑自己的平凡,即使它一无是处!"

不抱怨才是最深沉的爱

最近应某婚恋杂志的要求，对十组婚姻破裂的家庭做了一项调查走访。结果发现，导致婚姻解体的主要原因，居然不是出轨，而是互相抱怨！用一对当事人的话来说是：不爱是从不欣赏开始，从横挑鼻子竖挑眼结束，中间伴随着大剂量的抱怨！

抱怨原来才是两性关系中的隐性杀手！抱怨的背后其实就是不信任、不喜欢、不快乐、不满意。持续的时间久了，抱怨就会升级成厌恶和指责，推诿和扯皮，直到推卸责任，最后到冷漠，到零交流。这样一段婚姻也就名存实亡了，各奔东西的日子已经不远了！

著名演员倪萍曾经主演过一部叫《浪漫的事》的电视剧，其中的故事情节揭露了倪萍扮演的大女儿和丈夫离婚的直接原因。那就是在儿子丢了之后，双方在最无助和痛苦的时候，开始互相埋怨，最后各自带着一肚子的怨恨分道扬镳。

最近看寻人节目《等着我》，丢了孩子本来已经是对一个家庭的致命打击，但对80%的家庭来说，打击才刚刚开始，更大的打击接踵而至。接下来，双方就会进入互相抱怨的模式，轻则导致夫妻父母反目成仇，重则导致过错方"含冤而死"，妻离子散。等到重逢的时候，那种洗清冤屈后的宣泄比亲人相逢的感动更多一些。失子之后的无助和悲苦始终是亲人脸上蒙着的薄凉，而抱怨就是雪上加霜，让过错方孤立无援，将其置于绝境。

有一期节目，妻子同样出门弄丢了儿子，但是那个丈夫始终用宽厚的手掌轻抚着妻子的背，轻声安慰着妻子："不怪你，谁愿意把心头的肉弄丢了，是我们命苦啊。"果然，这个妻子是我看过这么多期寻亲节目中的鲜少的脸上还有一些葱茏和喜色的，她甚至还精心地做了一番打扮，看自己的丈夫时，还有一些女人的娇羞。主持人说她不幸的时候，她居然抬头望了望丈夫，轻声说："万幸的是我老公特别疼我，从来没有抱怨过。"

那一刻，我突然发现不抱怨才是婚姻中最深沉的爱，而这种爱更像一道黎明前的曙光，用在一起的力量掀开那浓重的黑暗。这种爱多像一个把自己的腰身弯成弓的模样，用尽全力把爱的人拉到明媚的地方。

不抱怨其实比那句"我爱你"更实用和有力量。不抱怨让本来逆行的自己，看到你始终和我站在一起的希望。这才是真正的陪伴，不是像影子一样心猿意马地跟在背后。你是黑暗，我就是黑暗里陪你等待黎明的灯塔；你是溪流，我就是与你奔赴大海的水滴。这才是深沉的爱应该有的样子！

我大姐和姐夫相爱相伴的一生，让我亲眼见证了他们的深情厚意。

姐夫虽然是个农人，也永远不会讲出什么风花雪月的情话，但他对大姐的娇宠，让大姐很久以来一直以为自己可以运筹帷幄和咬钉嚼铁的。她在两个家族里掷地有声的决断和声望，我一直以为是大姐本身的果敢和担当换来的。

后来，等我长大才发现，大姐的果敢和决断的背后，是姐夫在默默地帮她擦洗那些武断和莽撞留下来的烂尾和漏洞。姐夫是永远力挺大姐的那个人，从来没有抱怨。直到姐夫患急病不幸过世，大姐才发现自己像个被丢在风中的驼羔，什么都找不到，甚至连自己家的面翁在哪儿，换季的棉衣在哪儿都找不到。以至于大姐现在评价一个人的优秀，总会说一句："人家一点儿怨言也没有！"

前几天,看到一则新闻说,妻子开车,不小心出了车祸,车毁人伤,在等交警来处理事故的间隙,两个满身伤痕的人,按照我们惯常的情景设置,此刻开始互相埋怨,推卸责任,苦大仇深地心疼车辆!然而,这对夫妻,在确定对方没有生命危险之后,互相鼓励还能在一起,于是不约而同提议在现场拍一张合影,庆贺自己的劫后余生。这张照片瞬间暖爆了朋友圈,很多人流着泪说:"这才是爱情该有的样子,微笑的人运气都不会太差!"

真正的爱从来都不是顺风顺水时候的你侬我侬,也不是荷尔蒙喷涌时候的宝贝心肝。真正的爱是逆境和挫败时候的分担和慰藉,是闯祸之后那一句"只要你好好的,就好"的安慰!真正的相濡以沫和风雨同舟不是划清界限和连带责任,而是快乐着你的快乐,悲伤着你的悲伤,因为路过你的路,因为苦过你的苦,所以追逐着你的追逐。

原来不抱怨才是最隆重的宠爱!当一个人对另一个人非常在乎的时候,他会不想伤害你,而这才是爱的终极目的。所以他会原谅你的一切莽撞,你也会站在爱人的立场做出谨慎的决断。就像欧·亨利的短篇小说《麦琪的礼物》讲述的故事一样:为了给丈夫买一条白金表链作为圣诞礼物,妻子卖掉了一头秀发;而丈夫出于同样的目的，卖掉了祖传金表给妻子买了一套发梳。尽管彼此的礼物都失去了使用价值，但他们从中获得了比实用更重要的东西——爱。这才是爱情最初的模样！

当一个人开始讨厌另一个人的时候，挑刺和抱怨是最直接的表现。抱怨就是撇清干系，你的行为与我无关，你的后果要自己承担。这些泾渭分明的划分就是加粗加黑的不爱。要知道爱情的一面是风花雪月，爱情的另一面就是白头偕老，连在一起的勇气都没有，何谈风雨，抱怨在那一刻就是雪上加霜！

此刻，如果你已经忘记了最初因为爱而出发的理由，那么请滚回到牧师面前，重新恶补一下那句优美的誓言：你是否愿意迎娶（嫁给）你身边这位姑娘（先生）做你的妻子（丈夫），爱她（他）、安慰她（他）、尊重她（他）、保护她（他），像你爱自己一样，在以后的日子里，不论她（他）贫穷或富有，生病或健康，始终忠诚于她（他），相亲相爱，直到离开这个世界？

"我愿意！"

这三个字一旦说过，就请你，请你们收起抱怨的嘴脸，义无反顾地在一起吧！

不抱怨是对上帝做出的承诺，包括男女双方！

有一种愚蠢叫自作聪明

生活中经常会遇到一种人，特别爱抖机灵，以为别人的脑回路都没有他的皱褶多，得意扬扬地在那里展示自己的小聪明，结果露出屁股都浑然不觉，聪明反被聪明误，到最后只能害了卿卿性命。

听过一个故事。

楚汉时期有个小孩儿，特别聪明，两岁就能爬高，三岁就能恶作剧，并且屡次得手，五岁就能怼得大人哑口无言，七岁就能凭借口才赢得钱财。人们都叫他神童！

一日，神童无事，趴在村口的树上乘凉。恰逢楚霸王项羽追杀韩信，韩信丢盔弃甲逃到树下喘息。小孩儿在树上看到韩信落败的样子，感觉十分滑稽，于是动念想恶作剧一下，就解开裤子冲着韩信的头上撒了一泡尿。韩信遭遇追杀心情本就十分不好，结果"屋漏偏逢连夜雨"，又遭小孩儿戏弄，怒气无处发泄，准备惩罚一下小孩儿。突然灵机一动，不但没有惩罚小孩儿，反而夸小孩儿聪明，还奖赏了一些碎银子给小孩儿，并怂恿小孩儿说："后面有个将军，比我有钱，你如此照办，会得到更多银子。"韩信说完就仓皇逃走了。

不一会儿，追杀韩信的项羽也到了树下，四处观望韩信的行踪。树上的小孩儿心想，我果然聪明，两个大人都能被我玩得团团转，于是如法炮制又对着项羽尿了一道。谁知道项羽脾气暴躁，哪里受得了如此侮辱，三下两下就把小孩儿从树上拽了下来，撕成了两半。

这会儿工夫，韩信早已经逃得无影无踪了。

这个故事貌似告诉我们"螳螂捕蝉，黄雀在后"的道理，其实也从另一方面揭露了自作聪明就是愚蠢的表现。

前一段时间，看过一篇网文，作者大概意思就是说看别人的朋友圈，才知道愚蠢的人有太多。接着开始尖酸刻薄地嘲讽了一通朋友圈里自拍的和晒幸福、发感慨的，然后沾沾自喜地得出自己有多聪明和高瞻远瞩的结论。

本来看到这样的文章想留言几句：你自己都活得死气沉沉的，谁给你的自信来指点江山？真是闲得慌！

结果一看，下面的评论区亮了，有人已经留言了：你自己心里没有点儿数吗？回去看看你自己的朋友圈，像个敲锣的猴子一样，还笑话别人愚蠢呢。

所言极是，"林子大了，什么鸟都有"。毋庸置疑，很多人的悲哀就是永远看不到自己，"拿着鸡毛当令箭"。这种聪明其实比愚蠢更可悲。

社会上有一种愚蠢就叫自作聪明。

疯子永远见不得傻子，傻子永远不会承认自己傻，他还笑疯子不正常。其实都是一个山上的狐狸，谈什么聊斋。

前几天看一个调节类的节目，一个男子上来就巧舌如簧，讲他如何如何爱他的妻子，结果自作聪明，言多必失，出现很多漏洞，让几位调节专家抓住不放。经过几番询问，他暴露出了自己极其渣的一面。

原来，该男子在办理出国手续时迅速和办签证的女子在一起了，二人商量着回去各自离婚，出国过二人世界。结果，男子回去后快速和妻子离婚，去找情人，却发现那个情人已经携款潜逃。他把事情弄得鸡飞蛋打了，又返回来要求和妻子复合。被调节专家识破后，他还百般抵赖，厚颜无耻地以自虐的方式装可怜。结局当然是他被自己挖下的坑活活埋掉！这就是自作聪明的下场。

我大爸一直有句家训：有儿的，永远别笑话别人家的儿子打架顽皮；有女的，也千万别笑话别人家的女儿私奔嫁汉。本来这个世界就没有完美的，每个人都有短板和缺陷，当你觉得你赢了全世界的时候，其实你已经输的就剩你自己了，聪明反被聪明误也不过如此！

真正有智慧的人宁可装傻也不自作聪明。

人生的最高境界不是万事明白，而是大智若愚！有智慧的人不会把事情做绝，把话说满。给自己留一些转身的余地和空间才是真正的豁达和通透。那些嘴尖毛长、挑三拣四的人，抖出来的机灵，迟早会成为骨子里流淌的污渍！有智慧的人总是发现自己的不足和短板，自作聪明的人总是觉得自己无所不晓。

真正的有智慧就是明晰自己的不足，洞察别人的优点。

自作聪明的人一辈子只做三件事：自以为是，自欺欺人，自不量力。

路遥知马力，日久见人心。别以为自己的脑回路比别人多很多皱褶，其实你转十圈的时间，实在人转一圈就足以看透你自以为是的聪明不过是漂在水面上的油渍。

这世界就这么公平，你看它饶过谁？

你耍出去的聪明，迟早会以愚蠢的名义买单！

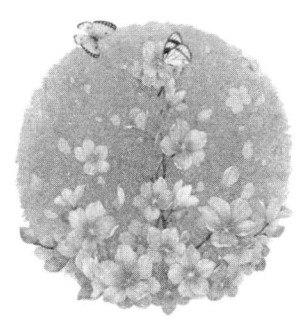

舒服的相处，是懂得彼此之间有一厘米的距离

最近，有个小粉丝在后台留言，说她找到真爱了，准备结婚，问我要不要给她对象讲她过去的恋爱史。

我不假思索地告诉她四个字：烂在肚里！

想不到小粉丝对我的回答非常不能理解，并说，平时看你的文字那么真诚，想不到你的内心那么阴暗！

我给她回复了一个"呵呵"，再没有理会她。

作为一个过来人，我完全能理解热恋中的男女那份在荷尔蒙驱使下的坦诚。但是，恋爱和婚姻完全是两种打开方式。尽管两者都是以爱的名义才能维系走下去的关系，但是婚姻中需要的是经营和智慧。那份电闪雷鸣的冲动过后，只有细水长流才能让婚姻更持久，让两个人的关系更亲密。

以我的人生阅历来理解，婚姻中是需要一份隐私的！

毋庸置疑，单纯从人的角度出发，每个人都有一个独立的精神世界，过分的坦诚就是一种愚蠢的做法。比如，自己拉下的屎，再有形状也不能向任何人描述，否则只会让人觉得恶心！"装"有时候也是一种文明，就像人类发展中得出的共性，在他人面前裸露某些部位不雅，所以人类才发明了衣服。

夫妻之间相处的魅力，有时候就是那一厘米的距离。我有一位职业旅行的朋友，多少年来看过无数风景。有一次大家问他，哪一次的风景让你印象最深刻？想不到，他略微沉思了一会儿说："就是那将到未到、擦肩而过的那一次。"

人们一说起隐私就会想到龌龊、阴暗、见不得人的事情。其实，这个世界上没有绝对坦诚的人，每一个人都是带着秘密行走的。隐私是一个人最后的精神上的后花园，只有一个人的时候锁上门，拉上帘，不再伪装，把那些内心深处的柔弱、破碎，甚至阴暗、心机，当然还有伤口和疤痕暴露给自己，然后一个人缝合、包裹之后，又穿上铠甲和道具投身到这个世界，所以才会有尘世和人间一说，我们都必须遵守一套公序良约，那才是一个成熟的社会人该有的行为！

每个人都有隐私，即使再亲密的人也记得保持一份距离。那一厘米的距离其实就是那擦肩而过的遗憾，寻人不遇的神秘，转身的空间和那一份无须解释的沉默。尊重他人的隐私就像爱护自己的后花园一样，有一个世界是自己的，卧榻之侧，岂容他人鼾睡？这与亲不亲密无关，就是心灵休憩的地方而已。

夫妻之间更应该有一厘米的距离。遇你之前的经历，已经被封存和摆放妥当，没必要旧事重提，既然你接受了我当下的样子，就从当下开始让我们一起同行。过去，我已放下，你也不必纷扰。就像我不小心吃了一个苍蝇，没必要再向你描述我吃苍蝇的过程。遇你之后那一厘米的距离，就是让内心深处的另一个自己自由活动的空间，或许就是卸去伪装，像个孩子一样发呆、发泄、安抚自己，只是不想让人看到我不堪的样子。我的孤独，与你无关，不得不承认，再亲密的人，也无法拯救别人的孤独，那是与生俱来的情绪，无关快乐和幸福。

我看过一部电影，影片里有个情景，男主人公一直有个遗憾。那么相爱的两个人，他甚至为了她而赴汤蹈火，牺牲生命，把她从困境中营救出来，女主人公也是以身相许，相爱的人终成眷属。但是，女主人公有个一直锁着的箱子，无论男主人公如何表现出好奇，都被无情拒绝。这成了男主人公的一块儿心病。即使这样,女主人公也丝毫没有松口的意思。直到女主人公过世,男主人公颤颤巍巍地打开那个木箱,发现里面空空如也,才恍然大悟。

每个人的内心不就是一只锁着的箱子吗?

有些事是无法与人分担和分享的,就像有些路是要一个人走的,有些时光是需要独处的一样。不是不信任,是不想解释。真正的爱,就是给对方一个听听来自心灵深处的声音的空间,让那个褪去伪装的自己不受惊扰!

爱得深沉,就是我允许你拥有一个自己的后花园,面朝大海,春暖花开。

不是每一种离开都能从容告别

妈,今天是你走后的第三年了,真快!

一个月前,大哥就一再嘱咐,记得今天的日子。

现在我们都能坦然地讲起你,讲起我们童年那些艰难的日子;我们也能坦然地接受你不在的这些年,各自奔波,各自疏远;我们还能从容地面对父亲的衰老,甚至是迟早要来的离去;我们也能接受自己的苍老和孩子们的长大。现在我们也能淡然地谈论生死,互相鼓劲儿,要好好地爱惜自己的身体,好好地活着。因为你的原因,亲情的枝蔓已经交织在一起,生长在一起。

妈,你走之后,这个世界依然车水马龙,依然山河永寂,依然熙熙攘攘,依然落雪无声。只是,你走后的节日开始变得冷清,回家的路开始变得漫长和萧瑟。远方不再遥远，重逢也不再惊喜。我只是习惯了独行和在人群中淡然地回望，这些不是悲伤，是岁月里的冗长啊！我有时候会庆幸，庆幸你走了，你终于可以看不见我黯淡的样子了，省得再被尘世上的酸涩和委屈分心，你可以无挂无牵地远行了。

我知道，你在人世的这几十年，过得太苦。你四岁丧父，母亲改嫁他乡，你像你父亲的遗物一样被移交给你的族人。那些年，你一定胆战心惊地活在别人的目光里。终于可以嫁作人妇的时候，可是命运就是这般不公，你嫁的这个男人偏偏又不喜欢你，你的命运毫无改变。不同的是，你被从族人的目光里移交给一个陌生男人的目光里，继续胆战心惊地活着。

你是世界上亲人最多，却在哪一方面都比亲人少一厘米距离的那个人。我亲眼见到，在亲戚聚会的时候，你永远是那个亲戚私语之外的看客，你在角落里微笑的样子特别让人心疼。我也曾经为你遭遇的不公和他们据理力争，你却非常生气地骂我不懂事，不懂感恩。

我曾经一度认为你很软弱，直到我有了自己的孩子，我完全理解了妈妈的一颗心，我也能理解姥姥了。我相信这世界上绝大多数的妈妈，都有一颗慈母的心，只是人生的境遇迫不得已啊。我也理解了你，理解了我经历里的曲折，手心手背都是你的肉啊。

妈，现在我深深懂得，只有失去才知道珍惜。这三年中，我无时无刻不在想你。我真羡慕那些有妈的人，他们晚归有人牵挂，他们回家有人等候，他们远行有人目送，他们委屈有人劝解。可我没有了，我一个人发呆，一个人孤独，一个人奋进，一个人停顿，一个人从梦中醒来，一个人看着老家的太阳落山。

妈，你不用为我们担心，儿孙自有儿孙福。你给我们生命，福佑我们长大，我们已经适应了异乡的生活。我知道，每个人接下来注定要有一段独行的路途，每次见到兄弟姊妹就会无比怀念在一起的岁月。那时候，我们的家境那么贫乏，却活得那么饱满和有激情。我们就像一条大船的船工，奋不顾身地抵挡着风浪，不知疲倦地互相搀扶着，那是我们出征世界的原动力啊，每个人的身上都存有亲情世界里最灿烂的记忆。原来一家子风雨同舟的日子，已经成为亲情世界最华丽的谢幕。

今天来了很多亲人，你的兄弟姊妹都来了，他们也会聊起你在人世间的幸福和坎坷，聊起你的善良和无能为力。今天很多人都去了你的坟头，这显得你在人世间多么热闹和富足。他们说，三年是天堂的距离，你现在也应该到了目的地。如果逝去的亲人都去了那里，你一定要帮我见见我那些早逝的亲人。我一直在梦中努力地记住他们的容颜。这一世我欠你们的太多，如果有来生，我宁愿等在你们出生的路上，让我来负担那些人世间的温暖和安全。你也帮我见见大爸，天堂里一定没有洪水，不用再跳进刺骨的寒流中抵挡洪流，以他的性格，他现在一定以花朵和蜜蜂的名义来过人间，把美好和善良播散在春天的每一缕风中。我多么希望你还有最后一次回望人间的机会，一定要给大姐托一个梦，让她快乐起来。自从姐夫去世后，大姐迅速老了，老得就像你在人世间的样子。我有时候觉得一个人对另一个人不能感情太深，因为感情太深会弱化她独行的能力。正因为姐夫对大姐好，才让她猝不及防，让她无比孤独，因为她还没有做好一个人独行的心理准备啊。

妈妈，从八岁第一次看着亲人的离去到你的离去，我以为我已经能坦然面对生死，可是你的离开让我知道，连挥别都变得那么仓促。直到现在，我仍然觉得际遇难料，情随事迁，感慨系之，折柳相送，无语凝噎。我们接受了离开，却依然没有学会告别。从今天开始，但愿想念不再悲苦，离别不再感伤。我能从容地接受人生的孤寂，把生命里的每一次相遇都变成相知的欢欣，把途经岁月的每一次告别都当成下一次的重逢。但愿那些万千沟壑的跋涉，终将变成静水流深的生活。但愿那些繁华锦绣的过往，都变成泪光点点中的悄然。

妈妈，天堂路远，三年也足以抵达，但愿你就此往生，放下人间的悲苦，从此做一个清清亮亮的女子，不必认出我们，把前世付出的辛苦，统统换成今生的欢愉和清丽。

妈妈，今年雨水充沛，草色青青，绵延万里，我目光所及的地方，都是葱茏，都是茂盛。我用你在人世间交予我的暖色，照亮前行的路途。哪怕一个人的远行，也要温润岁月里的每一个皱褶和弯曲，温柔地对待这些清丽而丰盈的日子。

就此别过，从此只说想念，再无悲喜。

安全感从来都是自己给自己赢得的

我第一次有"前不着村后不着店"的感觉,是在二十岁的时候。

那一年,大概有两种情绪互相交替地折磨着我:第一种是纠结于过去,并像滚雪球似的往前追溯和反悔,一直到了自己开始看不起自己为止,于是开始逃避,早上醒来就有睡午觉的冲动,因为只要睡着就什么都不用想;第二种是害怕明天,用"万一"指挥着自己,劈头盖脸地就把自己逼进了饥不择食、衣不裹体的死胡同,于是开始消极逃遁,中午醒来就想睡晚觉。当然我把这些都归结为命运不济,倒霉苦瓜黄连命!

后来我遇到两个人。一个是和我同时分配到车间的同岁的工人。他文化比我低,家境比我差,居然用三个月的时间就理直气壮地取代了我的位置。我去和他理论的时候,他气定神闲地告诉我,他是凭着自己的勤奋得到的,而不是抢来的!那天我明白一个词就叫"胸有成竹",而这份胸有成竹的背后是一个人努力后的自信。虽然打脸,但也惊醒,我深深懂得一个道理:这个世界上如果你自己都看不起自己,谁也不会成为你的避难所!

第二个人是我车间外墙根下躺着的一个乞丐。大雨将至,大部分人都在急急忙忙往家赶路,只有他无事人一样伸了一个懒腰继续酣睡不起。问他,他居然慢条斯理地回答我:"既然无家可赶,就随遇而安。"接着慢悠悠地自语道:"该死的球朝天,不该死的活了一天算一天!"那天我懂了一句话:心安之处是故乡!

原来安全感都是自己构建出来的!

百度上说,安全感分两种,一种是物质上的,一种是精神上的,归结起来不外乎就是人在社会生活中或是情感生活中有种稳定的不害怕的感觉!无论是物质上的还是精神上的安全感,都反应在心里的确定性上!从这个角度来看,有没有安全感完全是心里的感受,别人是无法帮助你的。

所以才会有身居要职的依然会担心别人篡位算计,身价不菲的依然会担心贬值出现意外,容颜姣好的会担心年老色衰，生活清贫的还担心身体有恙无力医治，夫妻和睦的又担心精神出轨。

于是我们在担心和顾虑中怀揣着无数多的不确定，胆战心惊地给自己增加戏码。于是我们不确定闪婚会不会闪离，不确定今天出门会不会拥挤，不确定办事顺不顺利，不确定投资能不能有收益，不确定朋友是不是真心。于是无数多的不确定导致了无数多的顾虑，而这些顾虑就是我们传说中的不安全感。

最讽刺的是，我们每个人都像一个成熟理性的成年人一样怀揣着这些不确定想让自己尽可能安全、便捷、顺达。事实上，明天和意外不会因为你的不确定而有丝毫延迟和变更，而徒劳让我们每天披着雨衣等雨，说好听点儿这是未雨绸缪，不好听就是杞人忧天！

大多数人都像不小心打碎花瓶的人，在碎花瓶前懊恼、追悔莫及的时间远远多于之前的小心谨慎和之后的收拾残局的时间！每个人的不安全感大概就是徒劳无功的追悔和担心而已！

很多明星年纪轻轻的就怕过气之后晚景凄凉，于是在该拼演技的时候寻求退路，该拼才华的时候精于算计，该享受快乐的时候忧伤以后，该珍惜当下的时候试探明天。于是削尖脑袋想嫁入豪门，结果，看中你姿色的豪门，在你年老色衰时，劈腿的劈腿，出轨的出轨。

不安全感是很多人绕不过的宿命,最可怕的是为了不让担心的事情出现,很多怀揣不安全感的人进入了两个极端:一种是拼命和时间对抗,企图留住美貌,十八岁就开始和时间死磕,提心吊胆地活着;一种是天天在你还爱不爱我的问题上拷问,结果也是提心吊胆地活着。

有人曾采访一位演员:"不领结婚证,不担心没有保障吗?"她霸气地回复:"我又不需要男人养活,婚姻能保障不爱吗?"

她之所以能这么自信,就是自己能保护得了自己,安全感不就是自己保护得了自己吗?!

在保护自己这件事上,从来都是自己赢得的!挣着自己该挣的钱,住着自己该住的房子。把抱怨的时间,用来抱抱自己,既不好高骛远,也不妄自菲薄。把等爱人是否回信息的时间,用来迎接清晨明媚的阳光。把自己活成男主女主,才不怕别人来抢戏!就像克林顿企图嘲讽希拉里的前男友是个加油站的工人的时候,希拉里淡然地说:"只能说你比他幸运娶了我,不然现在加油的是你!"

生活的智者,从来不会揣着假设和不确定来让自己内心深处的城堡构建在风雨飘摇的揣度上;生活的强者,更不会把安全感寄托在别人身上。谁都无法替代谁的一生,就像谁也无法帮谁构建安全感。只要健康地活着，爱能说出来，疼能喊出来，白天有事做，晚上能睡着，能养活自己，不无所事事，其他的都无所谓！

父母终究会离开，孩子终究会长大，即使一个人走一段漫长的夜路，也能不慌不忙，这就是安全感！突然发现很多以为过不去的坎坷现在变得顺达了，很多以为天塌下来的大事现在变得云淡风轻了，很多以为忘不了的恩怨现在变得淡然了，很多放不下的心结现在变得不值一提了，这些都是安全感！

安全感还是豁达和从容，智慧和通透！比如，那句道歉没来，不如和新交的朋友畅聊一次；常去的面馆停业，转去拐角处吃一碗油泼辣子拌面；突然发现，我们可以有无数种方式让自己心安，也有无数条大路可以通向安然。心安之处是故乡！谁也不会是谁的一生。保护得了自己，就是最好的防御。这就是自己心中的安全感！

话说回来，安全感不外乎就是一句：大不了爷从头再来！

旅行是岁月对自己最好的加冕

每次旅行回来，都有朋友问，你有什么收获。我不知道怎么回答，收获一堆美图，认识一群朋友？或者花光了手头上的积蓄，逃遁了现实的一地鸡毛？抑或是见过了世面，丰富了人生阅历？这些好像都是，又好像毫无关系！

旅行就是旅行，用眼睛看过风景，用脚步丈量路程，然后又恢复原有的生活轨迹。只是过去很多年后，你突然发现那些看过的景儿，见过的人，遇见的事儿，走过的路渐渐变成了你对待生活的态度和方式。原来人生没有弯路，每一步都算，旅行是岁月对自己最好的加冕！

我忘记了西藏的美景，却记得路上看到一个年轻的生命在眼皮底下瞬间殒落的场景,以及一家人接下来很长一段时间的沉默。我现在还记得,我妻子突然幽幽地说:"以后,我会好好对你。"那一句何尝不是亲人之间最深情的祝福?这世界上没有比一家人好好的更美好的祝愿了。

我忘记了太湖边上那江南烟雨的浪漫,但我记得一位曾经在内蒙古插队的知青,以故乡的名义对我们的热情招待。她有一句话我至今难忘:这世界上没有陌生人,只有未来得及相认的朋友。那晚,我站在太湖边上一遍遍地唱着草原歌曲,足之舞之,原来乡愁会有如此强大的气场,让我们放下了戒备,不再设防。

我忘记了那一年青海五月的美景,却记得高烧不退的夜晚,同行的朋友一晚上不停地用凉水帮我降温,在晨雾中下山去给我买药的背影。尽管之后,我们因为其他分歧已经变得陌生,但我莫名地关注他居住的城市的天气预报,对他工作的行业充满殷殷的祝愿。

摩洛哥之行才过去几日,线路和地名已经开始混淆,但那个想和中国人交朋友的小店老板失望的眼神却让我铭记在心。我有时会自问,是不是我们过于警惕而错过了很多美好?我也记起那些小作坊里的工匠专注和严谨的工作态度，那个卖草编骆驼的男子灿烂的笑容，坐在墙角里安详地晒着太阳的老人，咖啡店里的宁静，甚至墙角那一丛怒放的花朵以及在圣罗兰空中花园听到的那个关于真爱的故事……这些都将成为我对未来生活的向往和努力的方向。

现在回过头来盘点，曾经的那些旅程中，无论多么惊艳的风景都渐渐变得模糊，无论多么惊险的行程都渐渐归于平淡。习惯于独处依旧会归于平淡，习惯于热闹依然会追逐繁茂，习惯于炽烈依然会风风火火，习惯于低调依然会无声无息。只是，你不知道，有些东西正悄然发生改变。比如，那些朝夕相伴的日子突然令你觉得珍惜，那些触手可及的美食突然会令你想念，那些原来相看两厌的人突然令你开始想念，那个一无是处的故乡令你觉得原来如此亲切，甚至习以为常的健康都变得富足，平淡无奇的相守都变得在乎。这些都是旅行对你的加冕。与此一起加冕的还有一个人的气质和胸襟，那些曾经浮躁的内心突然变得安然，那些曾经放不下的东西突然释然。因为你发现在陌生的地方还有比你更艰难的人生，他们依然拥有憧憬和快乐。因为你了解到，你不是世界的主角，每个人都必须按照自己的方式生活。人就是在这种对比中，认清了自己，找准了位置。这也是旅行对你的加冕!

旅行的意义是什么？大抵是看和故乡不一样的景致，见陌生地方的夜空和他们熟视无睹的烟火，从别人的焦虑中找到自己丢失的幸福，从别人的世界发现真实的自己，然后把不知积攒了多久的困惑终于倾倒出来，原来世界之大，我们都是路人！

旅行的开始和结束是一样的，都是把一场鲜活的遭遇或者真切的亲身经历变成了日后疏通自己人生淤积的激流，冲走了陈年的枯草和尘土，变成了人生的弯道中一块醒目的路标。

都说每个人一生的长度不会变，可是谁能说人生的宽度和厚度不会因为你阅历的丰富而充满了无限的可能呢？而成就一个人的阅历，要么读书，要么旅行。旅行不仅让我们看到世界，也会在未知的旅途中遇到未知的自己。草原上听过一个故事，有只骆驼在没有走出沙漠之前，以为全世界它最大。但是当有一天它看到斑马的时候就觉得自己特别渺小，所幸的是自卑的骆驼发现虽然无法企及斑马的高度，却可以低头吃到斑马够不到的野草。后来返回沙漠的途中遇到一群骄傲的驴子嘲讽它背上的驼峰，骆驼胸有成竹地告诉驴子："我能翻越沙漠，你未必能到达。"驴子不服，要求比试，结果驴子渴死在沙漠深处，骆驼却靠着背上储备的食物安然到达目的地。牧区有句谚语：看到多大的世界，才能找到多远的差距！

我们活在一个奇妙的世界里，在接下来的路上，顺便与迎面走来的人相识，借着他们的时光照亮自己的人生。那些别人的悲伤，往往参照着我们的懂得，而我们看到的幸福，也会是别人的冗长和麻木。旅行的迷人之处正是在这里，扛着自己不轻不重的今生，猜想着别人的前生和来世。世界不远，一个在远方，一个在路上。

每个人鲜亮的一生，不过就是七岁那年，看到一朵花就以为看到了整个春天；十七岁那年，以为失去了一段爱情就失去了整个世界；二十七岁那年，发现世界那么大，我想去看看；三十七岁那年，发现七岁那年的花朵那么娇艳，十七岁那年的失去那么炽烈，二十七岁那一次冲动那么怀念，原来人生的憧憬和冲动是有年限的！于是你在之后的日子，用旅行和衰老抗拒，像一只冬储的小松鼠那样把那些走过的路、经历的事、看过的景、见过的人一点点地存在一个叫阅历的树洞里，经过岁月的磨砺，真正成为滋养灵魂，照亮生命的法宝。在寻常的人生中开始鲜衣怒马地回放，骄傲地对自己说："这世界，我曾经来过！"

丰子恺说，人生最美好的境界不过就是，不乱于心，不困于情，不畏将来，不念过往，如此，安好！而这些安好的资本，恰恰是那些活着的保留曲目之外的插曲带来的惊喜，而旅行就是这些意外的插曲。在别人的世界里独倚幽窗，挑亮那盏精致的油灯，把那些低过屋檐的光阴和远过陌生的背影迎到眼前，惊喜不过就是一句：哦，正好你也在这里。

人都是一瞬间变老的

村上春树说：人不是慢慢变老的，人是一瞬间变老的。这话，我信。

人是没有想念的时候，瞬间就老了。

没有想念的日子，就像一场大风刮过之后的湖面，没有波澜的平静；就像跋涉到了终点一样，没有眺望的冲动；就像苍老到了重复一样，"刀枪入库，马放南山"的情景。不过就是念想清零，既没有你来的痕迹，也没有你走的牵念。平静如水才是变老的样子，就仿佛打烊后的心灵，关灯后的黑暗，孤独中的独处，预料中的平淡。没有想念，就不再有期待，不再盼着天明后的奇迹和意外，就像秋收后的旷野，农人已回去，候鸟已南飞，草都枯萎，水都结冰，心灵最柔软的部位也悄然变得麻木和僵硬。比成熟更可怕的是世故，比善感更可怕的是麻木，那时候人就真的老了。

人老，先老的是心。不怕岁月刮过心灵的沧桑，怕只怕那脆弱不堪的敏感，突然变成了一道包浆和加固的堤，就像满树凋零，天高云淡、落叶纷飞，大雪封路的冬季。路上行人都与我无关，分分离离都与我无缘，不再担心明天和意外哪一个先到，不再想起远方就莫名地怦然心动。这就是老了。老了就是慢慢变成了孤家寡人，无牵无挂。从此以后，路归路，桥归桥，没有远方，也没有期待。

生命在飘移的过程中，当驿站和过客多于憧憬和期待的时候，老了已经势不可挡地来临。整座城池已经关门，你在那里，就在那里，只是归去，不再是归人，从此山水再不相逢，那时候就老了。

人是开始服输的时候，瞬间老了的。人开始怕死，怕死得猝不及防，怕给别人添麻烦，怕无力偿还，就已经老了。人开始敬畏时间，羡慕年轻，开始对自己的身体不再自信，开始用当年的经历来吓唬别人，就是老了。人开始挑剔，开始看不惯一切新鲜的东西，开始把道理看重，把探索变成了冒险的时候，就是老了。人开始不再多情，不再幻想，不再对自己的相貌和穿着在意的时候，就是老了。人开始喜欢老歌，每一首歌里都满满地存着记忆，那首歌一被想起，就像漏风的口袋，年久失修的老水车，边边角角都泼洒着自己的感慨和怀想，那一刻，就是老了。

人是开始觉得过去比现在美好的时候，瞬间就老了的。所谓回忆，就是时间留给每一个人身上的脚印。时间有时候就像横冲直撞的风，密集地刮过几场，就把一些岁月的残渣和远处来的尘土覆盖在经过的物体上，包括人。有的挂着一些遗憾，有的挂着一些沉寂，而我们每一个人就像无头的苍蝇，撞在哪里就在哪里安家落户，从此以为那就是故乡，其实那里只是和故人相守最长的地方而已。不信你问问那些打盹儿的老人，他们最大的心愿是要回到老家，而他们有的人一生都不曾离开过那里。

人老了，从眼睛开始。能看见那些细小的东西，能从一缕小风里听出故乡的消息，能从一个旧人身上看到自己的过去。有时候会和一朵花，一棵草，一只狗，一阵空茫对话。我们只是看到一个人开始安静，开始有富足的曾经用来回忆。看似是面无表情的发呆，谁能知道他内心世界里的前仰后合，忍俊不禁?！我大爸去世的前一年，他还骑着自行车从牧区到镇上来看我，还和我信誓旦旦地说，等明年，要骑着车到三峡转转。可到了第二年春天，他看见我们走得快了都觉得眼晕。他一整天倚在窗前，眯着眼睛，和眼前的两只蜜蜂斗智斗勇，一会儿用书挡住出口，看它们抱头鼠窜、狼狈为奸的样子，一会儿故意隔离开两只蜜蜂，看它们上蹿下跳，慌不择路。大爸一定觉得比两只蜜蜂聪明是一件很有成就感的事情。我亲耳听见一个那么蓬勃的老人突然变得孤单之后的自言自语，一开始也觉得滑稽和幽默。后来，我和大爸一样笑着笑着，就笑出了眼泪。大爸问我："还有救吗？"我回答不上来。大爸就流畅地吐出一口气，闭上眼睛，不再理我们。我一直认为，他肯定是把想念和期待统统还给我们之后，轻轻松松地做了一个归人，从此再不用担心和牵挂。

人老了就是，不必时时恐惧寻常的人变成了陌路。早上挥手说再见的人，再也不会回来了；丢在同一个角落的棋盘，再也没有人关心输赢了；塞在同一张椅子下的臭球鞋，再也没人穿它了；蜜蜂飞进来，再也无人搭理了；团聚的日子，再也不会有人出现在门前的田埂上了；无论得到多大的喜悦，再也无人分享了。

人是从害怕吵闹、喜欢独处的时候开始变老的。人老了，开始舍得花一整天的时间，擦净窗玻璃上的尘土，和一屋子的阳光和平相处。有那么一刹那，那些早已尘埃落定的过往，细细密密地过来，又悄无声息地远去。闭上眼睛终于肯承认时光漫长，那些不肯原谅的事情已经变成上一辈子的事了。独处是和时间握手言和的最好证明。终于相信漫长无边的岁月再也追不上了，突然在一觉醒来的早上，将零零散散的回忆分藏在昨夜的月光，儿时的梦话，见不到的旧人，渐渐枯萎的思念里面，本来等着来年存取结算，却忘记了密码和寄出。

老了的人，都是灵魂跑出去玩耍、忘记回家的人。虽然每个人最后都得独自面对剩下的寂寞和恐惧，可是上帝还是看他们可怜，让这个皮囊停留在原地，贴着寻物启事昭告天下，谁要看见他们走失的灵魂，记得完璧归赵，带走他在人世间最后的悲喜和酸涩。于是那时候的岁月爬上心间，除了习惯变成了那颗手掌上剜不去的朱砂痣之外，其他都会变成独处的样子，执笔画着明月，画着山川，画着再也无法实现的美梦成真。

我也会老，会被时光分割成两半，一半是波澜不惊，一半是永不相见。从此会死心塌地地相信，我们的一生有些止于唇齿，有些掩于岁月，有些随风而去，有些岁月无痕。

辑三

人生没有弯路,每一步都算

孤独是岁月馈赠给成熟的一枚勋章

我在西双版纳做民宿以来,很多好朋友得知我的民宿在很偏僻的地方,都会不约而同地问我一个问题:孤独吗?

我当然不假思索地告诉他们:会!

孤独总会在繁华褪去,惊喜于一段不期而遇的风景,顾左右才发现只有自己一个人的时候弥漫开来。那一刻,你会因为遗憾而渐生一点无人分享的萧条之感。

孤独总会在似曾相识的环境里出现。看见一个妈妈站在山寨的角落挥手送别的不舍和挂念时,你会想起故去的亲人。如果她在,也是如此相送,不舍的凝望;如果她在,住在我的民宿,看看眼前的风景,连花朵的绽放,小草的舒展都是她喜欢的样子,那该多好。

孤独总会藏在暗夜的风里，一首歌曲的尾音，一个农人的背影，一句入心入肺的问候，或者孤独就是那身前背后无语般的苍茫。

孤独是人类最接近乡愁的情绪，是在某个临水的地方，慵懒地从午后的阳光中醒来，将一首歌听出老茧，将一杯茶喝到寡淡，将一段文字读到忧伤，将一种想念流淌成旋律。然后掉进此去经年的岁月里，把那些曾经一起听过的鸟鸣，一起等过的花开，一起看过的月圆，一起挥手的别离的日子，重复地晾晒一遍，在渐行渐远的背影中，重新凭吊一桩桩残缺不全的往事。

孤独有时候会让人上瘾的，它不同于寂寞，因为无聊而显得空虚；也不等同于悲苦，因为沉静而显得冷清。孤独是一个人精神上的自信和清高，是宁静和从容的心灵独白，是岁月沧桑之后的豁达和通透，是纷繁世界里与内心深处的自己的一次私奔。

孤独是一个人精神世界里最后的华彩，无关境遇，无关挫败，无关偏僻，无关忧伤和悲苦。孤独就是一次沧桑到淡然的通途，是半生遭遇的酸甜苦辣重新进行整合和归档的缓冲期，是回望那个被称作故乡的地方，重新选择迁徙，让自己找到在他乡安生的理由的必不可少的程序。

孤独是跋山涉水而来却寻人不遇的遗憾，是万家灯火里那一个奔赴家乡的背影,是茂密森林里的那一挂无人问津的瀑布,是那五彩缤纷的美景无法挽留的目送,是意境优美,起落有致,却空无一人的惆怅。孤独是夜风经过发丝的无声无息,是流星划过夜空的消逝,是独自怒放的花朵,是梦里相见的惊喜,是逆流而上的最后一尾鱼,是热闹的人群中那个一转身的回望,是深秋至今未落的叶子,是深冬至今未化的一星星雪片,是初春至今不想承认的一次失约……

被孤独浸润过的人,连目光都会柔软,连问候都会深情,连等待都会从容,连陌生都会感到亲切。仿佛山川草木都会相识,清风朗月都会联想一样,独处一隅也会温馨,单枪匹马也会笃定。

真正的孤独一定要与宁静为伍,与独处相伴,需要一个人用朝圣的姿态前行。心中修篱种菊,品尝寂静,才觉安然。人淡如菊,寻常时光,就好。

独处是一种能力。年轻时的孤独会冷落了岁月,年老时的孤独会弄痛自己,刚刚好的中年是与孤独相逢的最好的时间。因为此刻的自己,见证过远方山水,安抚过无聊败兴,遭逢过辜负背叛,分享过至美的风景,所以当倾城的孤独来临的时候,不过是一个人远行,一个人聆听,一个人沉默,一个人停顿而已。每一粒尘埃不再被惊扰,每一滴眼泪不再猝不及防,每一个遇见不再潦草，每一个善意不再设防，从容和幸运才会结伴而行。

　　爱上宁静和静谧的时光亦是如此。不是喜欢漂泊，不是荒凉地远走，是曾经的阅历足以担负起那一院子的安宁，满天的星斗。和灵魂来一次平心静气的遇见，和岁月来一次促膝而谈的相逢。听见花开，懂了柔软，放下警惕，明媚当下。此时，是和孤独和解最成熟的时候。发呆，看云卷云舒，尘烟鲜亮。独处，听花开花落，爱恨入骨。韶光似似水流年，不辜负眼前这一段盛世华年。然后在宁静中修行，在沉静中打坐。我在南国的这个小院，独等那个有缘人，柴门轻启，眼前一亮：客家，我好像在哪里见过你！

温柔以待依然是这个世界最温情的基调

前几年,我参加过一次跟团旅游,同行的有一批广场舞大妈大爷,花了三千元玩了一个星期。

大概在他们的观念中,旅游和导游一定是有着敌我矛盾的,稍有松懈,旅行社就有可能从他们的三千多元里挣到一百万的利润。

他们真把自己当成上帝了,明明水杯就在眼前,弯一下腰就能够得着,也会大声吆喝:"导游,给我把水杯拿来!"如果他们的吆喝得逞了,他们还会得意地相视一笑,那表情的画外音就是:老子可是花了钱的啊!

接下来,去一个牧区体验民宿的环节,更令人匪夷所思。这帮大爷就像土匪进村了一样。院子里卧着一只公鸡,只因为有个大妈说"公鸡的羽毛好看,想做一个头饰",几个怜香惜玉的老大爷就像打了鸡血似的,满院子追鸡,弄得院子一片狼藉。

导游实在看不过去了,出来制止,想不到那帮大爷理直气壮地说:"老子可是花了钱的,揪你的鸡的几根羽毛有什么不可以的,买你一只鸡也足足的。"

我实在看不过去,多了一嘴:"好像你那三千元可以买下整个草原似的!"

好家伙,就像狗窝里杵了一根棍,十几个大妈大爷"嘭"地弹到我的面前骂我是吃里扒外的东西,满口白沫地质问我:"关你啥事?"

我在导游的劝说下,退了下来。

更令人匪夷所思的事情还在后面。他们居然自带公斤秤,不厌其烦地将所有食材称量了一遍,并派专人全程监督。到了吃饭的时候,他们每人把免费的沙葱盛了一大碗放在眼前,临走的时候将酱油醋和盐倒进占下的剩饭里,恶狠狠地说着:"可不能便宜了他们,一定把三千元吃回来啊!"

那次,我中途就决定退出跟团旅游,他们的行为让我感到无比难受和羞耻。

其实这是对旅游最大的亵渎和曲解。你出来旅游了,又不是出来报仇了。

讲真,旅游和旅行本身就不在一个档次上。旅游是把你编进一个程序里,然后像鸭妈妈领着小鸭子一样向左向右完成一次简单的重复,是流水线的复制。旅游本身就克扣了惊喜和遇见,把期待和个性打了折。倘若再不带着一颗美好的心,一双发现美的眼睛,那么旅游比完成任务还要显得苍白和无趣。

我开民宿以来,一再告诫自己,不是什么人的钱都可以挣。

但凡那些一开口就是要求逛几个景区,要有几菜几汤,要有旅游套餐福利的客人,我都委婉地拒绝了。我知道他们还停留在手握一摞景区门票才觉得钱花得踏实的阶段。我们是叫不醒一个装睡的人的。

其实开民宿于我而言,除了让我有所收入外,它还是我的一个梦,是一个能够安放我的情怀和让心灵栖息的地方。我多希望每一个入园的朋友都带着重逢和遇见的心情,把我发现的美好分享出去。在往后的余生里,在某一个阳光明媚的下午想起我们某年某月在某个地方遇见过,哪怕我们不曾怦然心动,但我们也曾相视一笑,沐浴过同一片暖阳,相逢过同一抹微笑。而这些片段也一定会是温暖回忆里的某个时光。

民宿如果不能安放情怀,就失去了存在的意义。我多希望通过我的民宿,让那些颠沛流离的灵魂找到一个可以歇脚的地方,不必赶,不必急,不必寄人篱下,不必客居他乡。是一棵树遇见另一棵树，一条河遇见另一条河，一条狗遇见另一条狗，一个灵魂遇见另一个灵魂，惺惺相惜，感同身受，就好。

我们可以看看脚下正在努力生长的小草和花朵，听听夜风吹过窗前，读几页心仪的文字，听一段熟悉的老歌，入睡前向远方的亲人报一声平安，如此就好。或者在当地向导的带领下，去原始森林里寻访一条流淌千年的瀑布，听听静水深流的回响，参拜一棵长满岁月的古树，此时，我们会发现我们每个人都渺小到尘埃，平凡到烟火，而这才是最真实的姿态。要不走进一个原始的村落，看看那些朴实的农人，我们会发现幸福从来不是拥有的多，而是贪婪的少。

如果说，旅游是购买和交换，是浮光掠影和走马观花，那么旅行就是带着灵魂上路，是一场盛大的遇见和出发，是一次低调的重逢和回归。最好的风景从来不是在喧嚣和繁华的地方，而是掩藏在细碎的边角，不期而遇的惊喜中，自由行走的灵魂里，和远山远水的地方。

这几天，我的民宿里来了一个开着房车旅行的小老乡。他说他看遍了世界万千风景，却越发喜欢脚下的烟火和生活的皱褶。我当时不以为然，觉得以他的年龄说沧桑还太早。但是慢慢了解后我才知道，他初一就只身前往英国读书，用他的话来说就是他一直像一条漂泊的小船，一个人快乐，一个人悲伤。他以为热闹就可以冲淡寂寞，以为人多就可以打发孤独。他说，直到有一天行走在田间地头，接触的是满眼的烟火时，他突然变得安然。他发现这才是他要想的风景。

一车，一人，一狗。安静的像个自由行走的猫，每天在园子里晒晒太阳，和我到附近的寨子听老乡讲那些冗长的过往。有时候坐在一条小河边，听着水流的声音，我们写着各自的游记、心得，不必一见如故，不必互诉衷肠，淡淡地想着自己的心事，看着自己的风景，一抬头，你也正看那一捧怒放的花朵，心领神会，就好。

那天，他说，喇嘛哥，我从来没有如此的安然，这是生命最丰盈的时刻，有一种终于靠岸的感觉。他说，车跑得久了，还需要一个大修的时间，况且是人了。他也说，旅行不是逃避，是给心灵的一个假期，是让疲惫的自己有个满血复活的缓冲的机会。

我突然觉得他真的懂了旅行，懂了人生为什么要出发和归来。那刻，我的心里有一种莫名的成就感，我觉得开民宿以来，不是我在给予，而是他们在回馈，没有什么比分享幸福更美好了。

人生就是这样，每个人都尽量多一点儿遇见吧，让活着更丰富和厚重一些。我也希望这世间所有的人生都如山间清爽的风，南国温暖的阳光，乡间迎面而来的微笑，和相信世间可以温柔以待的诚意，释怀就好，懂了就好。

　　毕竟这一生何尝不是一次旅行，那么快，那么快……

人生没有弯路，每一步都算

昨晚做了一个梦，梦见了二十年前的自己，还是穿着那件哈达蓝的运动服，傻傻的，笨笨的，还是一根筋地在人潮人海中逆流而上，那么倔强，那么单薄。

早上醒来，巧的是群里正在玩一个小游戏，有人问，假如遇见二十岁的自己，有机会对他说一句话，你会说什么？答案当然五花八门，但不外乎想把自认为的弯路，在二十年前做一个修正。

可是人生没有假如，人生根本不给任何人回头的机会，况且，你之所以是你，是你的性格决定的，你的性格已经决定了你与他人不一样的人生。优柔寡断的，依然会举棋不定、错过选择；莽撞行事的，依然会横冲直撞、一意孤行；对爱执着的，依然会奋不顾身、飞蛾扑火；内心柔软的，依然会挺身而出、仗义执言……再过几年，在不知不觉中，你又长成了当下的样子。

原来人生真的没有弯路，每一步都算！

曾经一度特别痛恨体育，觉得体育榨干了自己的青春。而且还因为体育，我顶着一个"头脑简单、四肢发达"的标签四处碰壁。甚至有一段时间，我负气地把这段经历从简历中掐掉，以为人生会有别样的开始。谁知随着年龄的增长，我慢慢发现，那段经历正在用别的方式变成了自己行事的风格、为人的标杆，甚至是对时间的在乎，说干就干的执行力，凡事喜欢争个输赢的个性，还算棒的身体。这些原来都是体育给予我的。

一度特别喜欢摄影，但总是不得要领，后来上了一个摄影培训班，突然发现培训班里教的构图学居然和我很多年前学过的运动美学殊途同归，于是我茅塞顿开。一度迷恋三毛的文字和生活，读完了三毛的所有书籍，想不到很多年后，我从旅行和文字中找到了表达的通道，使自己成了当下的样子。一度以为自己被情义辜负，从此再也不会相信这个世界还能对自己温柔以待，其实性格使然，下次我依然会热血沸腾、仗义执言，想不到自己对这个世界的良善，会被那个转角遇见的贵人以情义的名义鼎力相助，从那时候才明白，哪有什么弯路，有些经历像反刍的骆驼，再跋涉的路都会变成我们行走的盘缠。

人生没有弯路，每一步都算！

朋友得了赖病，亲人们都埋怨她过于要强，不懂得心疼自己，才有当下的现实。可是细细想来，哪有什么弯路，正是因为她一直以来的努力和坚强，才能在最美的年华成就了她的梦想，让她成为人群中最闪亮的那个人，让她在得知自己身体不适后，很快地接受了残酷的现实，用坚强和勇敢坦然面对。那天，听到她的各项指标都在好转的消息，我在心中暗暗地为她祈福：最应该感谢的是那个像战士一样的自己！

奥运冠军邓亚萍曾说，放下球拍，拿起书本，是曾经的经历给了她自信和拼搏的底气，让她从一个知识很瘦的运动员变成了世界名校的高材生。曾经非常有名的歌手李娜，在事业最顶峰的时候选择了出家。很多人惋惜，她一定遭受了什么磨难，才会看破红尘，可是李娜却从容地说，人生没有弯路，恰恰是那段做歌手的经历，度她到了人生的另一个境界。所以她才能淡然地说："我不是出家，我是回家。"著名演员陈道明，八年的龙套生涯，很多人觉得那段时间，一定是他人生的败笔。可是从陈道明的一篇文章得知，他对那段时光非常感激。他说，正是因为那段经历，让他有了阅历的累积和人生的感悟，才会成就他日后的演技，让他在荧幕上留下了那么多经典的形象。

　　人生没有弯路，每一步都算！曾经走过的路，看过的景，遇见的人，经历过的事儿都会变成你的阅历，成为你当下的样子。付出和努力过的，必定会在人生的某个节点以另一种形式馈赠或者弥补给你。曾经选择的捷径和绕过去的麻烦，也会在你回首往事的时候让你发现，它也令你错过了另一道风景。我读书的时候，中途换了一次专业，在当时看来，那是一段弯路，可是很多年后，我发现我比别人多了一倍的同学，原来那一段经历早就以别样的形式变成了我的阅历！

　　选择了就不要后悔，走过了就不要惋惜，这都会是你人生的一部分。每个人的一生都是唯一的，至于成功和捷径都是别人看你的角度不同而已。冷暖自知，放下才是从容。我们每一天都在和这个世界相遇和交涉，不管是在波峰还是在波谷，走下去，定能到达目的地。人生没有弯路，每一步都算数。

　　来这个世界和离开这个世界，谁也无法选择，只有从生到死的这个过程里的每一步才是你的人生，没人能躲过。有的人把跋山涉水当成了旅行，有的人把酸甜苦辣当成了体验，真正的本事，就是在平凡的世界里活出自己的版本。有缺憾、不完美，这才是真实的世界回馈给我们的留白。

没有过不去的事情,也没有白走的路,阅尽人情冷暖,看遍世界百态,坐观云卷云舒、潮涨潮落,才能明了,什么是沧桑,什么是世故,什么是浮华,什么是阅历。那时候不过就是豁达的一句:谁的人生不是一边想着N种不想活的死法,一边又全力以赴地迎接明天?人生最好的境界,就是与经历过的一切和平相处。

人生最好的境界,是一直还有憧憬,一直还有惊喜,相信花未开全,向死而生,认为世界美好,有人要来,才是刚刚好的将来。

用微笑温润曾经,用快乐放过纠结,把岁月装订成册,让人生的那道道折痕变成阅历,给自己一个交代:人生没有弯路,每一步都算!这才是活着的成熟的态度!

丑话说在前头是一种诚意

朋友再婚的时候，约我前去参谋。本来像我这种天生有八卦倾向的人，分分钟就变成婚姻专家，动辄就是鸡汤语录、引经据典，从张爱玲到三毛，台词背得一溜一溜的。

谁知道，我朋友开玩笑说：

"你们这群来自深山老林的感情骗子，在拍言情剧吗?！第一次步入婚姻，我比你们还言情得厉害，我们都约好了不谈柴米油盐，谁说谁堕落。

"可是从爱情到婚姻，我连模式都不会转换，就被现实打入冷宫。原来不仅那个骑白马的王子在落地后原形毕露，放屁排泄甚事不误，而且王子身后声势浩大的亲友团，协调这些关系也像在打一场持久战。

"结果,纯情偶像剧画风突变演变成一幕宫锁连城的悬疑惊悚谍战年度大戏,没有熬过七年,就提前宣布结束。"

我朋友说,她依然相信爱情,相信缘分。但是,她比过去更懂得婚姻与爱情的区别。爱情是感性的,婚姻是需要学会理智的。爱情是一道风景,婚姻却是一段旅程。爱情可以规避掉枯干的落叶、潮湿的苔藓、丛生的杂草、干枯的树枝,找一个美美的角度想成青青河边、在水一方。可是婚姻,必须要打理这些枯败的角落,让它健康成长。婚姻是一场持久的经营。

于是我见证了他们的一场婚前谈判,内容如下:

一是关于和儿子的相处,双方奉行"猪肉贴不在羊身上"的原则,不要求继父继母像父亲母亲一样操心儿子的教育问题,也不需要为他规划人生目标,只需要尽一个丈夫或者妻子的责任就行。

二是对待双方的父母尽量把握在女婿和媳妇的范围内,该有的礼数和距离一定要有(当然不排除投缘成为闺密的可能),与其培养不起父子母女的感情,不如不装,谁的父母谁来心疼。

三是婚前财产一定要公证,你的归你儿子所有,我的归我儿子所有(朋友语)。

双方在我的见证下，就加强婚姻与爱情的保护与经营问题进行了友好磋商。我朋友对即将入住的现任丈夫表示热烈欢迎。她说，面对婚姻，双方一定要把握丑话说在前头的原则，先小人后君子，积极配合，共享婚姻稳定发展的格局，在更广泛的生活领域取得共识。

事实上，他们的婚姻在我的眼皮底下朝着健康友好的方向已经发展了十五年。双方的儿子都已经成家。更可喜的是，儿子和继父成了资深的"驴友"，像哥们一样相处。儿子上次还对继父开玩笑说："我对你好，你就用力对我妈好啊！"继母和儿媳妇相处成了闺密。她们买同一款口红，定同一家旗袍，成了一对姐妹花。

我朋友更是幸福得不要不要的。我一个小朋友结婚之前，要她送一句祝福的话，她居然送给小朋友一句经验之谈："好的婚姻，一定要懂得把丑话说在前头，这样才能让幸福持久。"

有人说过，幸福的婚姻基本相同，不幸的婚姻各有各的不同。放下爱情谈婚姻，是一种智慧。

不是说婚姻里没有爱情，是要懂得爱情的模板经营不了婚姻，婚姻的说明书不能通用。把丑话说在前头，是给双方一个预期的红线。刮骨疗伤看似残忍，实则治标治本。万一双方在红线内相处得和谐,惊喜就会来得突然和持久。

所谓"丑话",无非是一些难听的话,让人难以接受的真话。把"丑话"说在前头,既能够起到一定的警示作用,让人对你的话有所准备,同时也是一种理智坦然的表现。

当然,丑话要说,就必须站在诚意和信用的立场上去说,藏着掩着的话,话外之音的话,激将法的话,一时兴起的毒誓,都不叫丑话。丑话是一些约定和底线,是事物的本质、真相,是要共同遵守的未来,是建立在诚意的基础上的实话。

俗话说,"雨在屋前瓦房不漏",婚姻是需要一些约束和理性的。看上去很美,其实不如用起来得心应手更接近生活的真实。我在和老婆成家之前,和大爸有过一次交流。

大爸先是打问我岳父母的为人,再是问我谈了多久,发现对方有没有什么缺点。我当时一脸茫然,但大爸意味深长地说了一句:"谈恋爱就是考量一下你的缺点和她的缺点能不能兼容,其他的都好度过。"

现在我的婚姻也快二十年了,回想起与大爸的那次谈话,我突然觉得大爸才是生活的智者。

他和我父亲的感情是我多少年未曾遇见过的好。

但是年轻的时候,大爸即便是和父亲有经济往来,也都会"丁是丁,卯是卯"地记清楚。每年要召开家庭会议,把大妈和额吉叫到跟前,一笔一笔地公布,甚至哪年哪月吃过几个西瓜都记录在案。尽管这些账在大爸去世之前都没有结算过。

我小时候,不太理解大爸那么大气的一个人,怎么在金钱上如此计较。但大爸告诉我们一句话:"亲兄弟,明算账。"现在我懂了,把丑话说在前头,会减少猜测和误解,是为了最长情的情分。

把丑话说在前头,是坦诚和打算长远的表现。尤其是婚姻,是一种家教和另一种家教的融合,是一个人的中途和另一个人的中途的相遇。你的曾经我这里没有记录,低到尘埃的期待,才会迎来高到天空的惊喜,必要的坦诚才是美满婚姻的基础。

人生的快乐与悲苦,其实就是与得失纠缠、与是非相伴、与成败共生的过程。有多大的期待就会有多大的失落。幸福是需要有一些落差的,放低一点,才能珍视一点。好的婚姻不就是双方之间超出心理预期的一次次的惊喜的累积吗?多一分认真,多一份责任,多一点约束,多一点警醒,记得感恩,记得珍惜,才能感受到倾心去爱的幸福。

婚姻像一次旅行,看上去很美。把丑话说在前头,是一种诚意,让婚姻经过的时候,不至于仓促,不至于措手不及,大不了就是当初丑话描述的现状,还有什么是比内心预知未来更好的预案吗?

把丑话说在前头,就是打一剂疫苗,打对了,终身受用,打错了,一剑封喉。

生命是一场猝不及防的离别

01 >>>>

西藏我去过很多次,但是这一次的感受却是一种说不上来的惆怅。

仿佛一夜之间,从一开始的震撼和好奇迅速回归到铺天盖地的敬畏和茫然。我甚至手足无措地走进了藏传佛教寺庙,不知以何种方式对佛进行朝拜。我甚至莫名其妙地恐惧那些阴冷的角落和曲曲弯弯的通道。我笃定地认为,这不是我人到中年的样子,竟如此不经世面和忐忑。

我一直以为我已经用无数的岁月颠簸把自己填平成了世故和麻木的样子,可是这一次的西藏,却莫名地唤醒了那个懵懂的我、羞涩的我、隐忍的我、脆弱的我、敏感的我。

走在西藏的每一寸土地上，会莫名地想起那些逝去的人和往事，会不由得想起生死和轮回。尽管我依然用玩世不恭的态度和每一个同行的人开着玩笑，但是越来越觉得内心中的茫然和寂寞，越来越想掩饰自己的拒绝、害怕人的偷窥，越来越矜持地和自己对话，越来越习惯于那些寂寞的时光。

甚至，在甘丹寺，我都没有求佛的冲动。我喜欢坐在树下望着穿梭在寺庙之间的身影，喜欢坐在台阶的角落看一条又一条流浪狗慵懒地躺着或者呆呆地望着行人。我甚至固执地认为，这些伴着佛陀的树和终老在这里的狗更能看到人世间的酸甜苦辣、生离死别。

02 >>>>

在西藏的日子，会冷不丁想起生死，突然觉得这是人生中无法逃避的话题：由生而死，向死而生，世世代代才能生生不息。

我常常想起妈妈，幻想能在那些陌生的面容中一眼发现转世中的她，我多希望她的来生变成一个轻盈的少女或者一棵长在西藏的树,不用历经那些悲苦和分离,也不再担心背叛和诋毁。

你长在我必经的路旁,让我在树荫下听见你的呢喃。这世间的悲苦怎么能抵得过亲人的猝不及防的离开?

妈妈去世前,在我家小住了几日,那些天的下午,我陪着妈妈在小区里散步,以前妈妈是多么热衷于操心她的这些儿女生活中的鸡毛蒜皮,但是那一次,妈妈那么沉默,甚至对我的工作得失都懒得问询。只是有一天,她轻描淡写地说起生死,说梦见了我的姥姥,梦见了她的老家。她一再预言,恐怕闯不过今年了。我当时还鲁莽地打断她的话:"快不要胡说了,这不是活得好好的吗?"妈妈当时淡然地笑着说:"人不过就是生一次死一次!"

后来妈妈猝不及防地走了,有那么大半年的时间,我无法走出没有妈妈的日子,一个人的时候总会想起她来,想起那些陈年往事。

在这样的日子里,我居然坦然地接受了死亡。

死亡不再是恐惧,它莫名地在我心间变成了一种说不上来的神秘和绝望。

03 >>>>

相传，人死后，会失去21克的重量，这21克原来是灵魂的重量，是你全部人世间爱的重量。遗憾的是，我们活着的时候，往往连这21克的重量都不能保全。有一些被诱惑瓜分，有一些被寂寞带走，也有一些被算计分赃，还有一些被利用抢跑。于是不懂什么叫活着，于是才会把人生过成猝不及防的分离，于是才发现失去的永远是最好的。

在西藏，你会懂得什么叫过客。在大昭寺的转经路上，不论是磕着长头的老阿妈，还是背着行囊的游客，都是行色匆匆的模样。他们说，路途漫长，今生已经蹉跎，求往生能够从容。

可是，我总感觉那是一种离别的脚步，让人莫名心慌。我怕，每一次挥手都成为最后的荒芜对望，一程山长水远，却只剩一场猝不及防的分离。

人生短暂。没有早一刻的到来，也没有晚一步的分开，都是刚刚好的遇见。活着，是一种坦然和接受，就像这猝不及防的离别，一转身就是永远。十年前，和我同行的人，说好的一辈子的情义，现在看来早已经散落在天涯。原来以为，分开后会想起曾经的彼此，其实时间早已抹平所有的熟稔，甚至封尘成淡忘的样子，让我们连依稀都懒得提起。

在岁月的长河里,生死都是一瞬间的,况且分离,本来就不允许你从容地彩排。

猝不及防是我们对活着的不可预测的生命的定数,谁也无法改变。

04 >>>>

那天,从西藏返程,就在我们的眼皮底下发生了一场车祸,一个十八岁的小伙子连恐惧都来不及启动,就已经安静地躺在了那里。那一刻,我懂了,活着的比死了的更害怕,尤其是当我看见同行的人也是一个懵懂的少年时,他的那种无助和绝望让我猝不及防地伤悲。之后,车里,一路沉默。大约每个人都在丈量生死之间的距离。沉默中,我老婆突然幽幽地说:"以后,我会好好对你。"

我懂,她的那种感慨。她一定如我一样想到了猝不及防。一定想到了活着是一件多么美好的事情。只有活着,我们才有机会珍惜,有机会任性,有机会悲伤,有机会想念。我们能抓住的,只有活着的每一个瞬间。

从这个意义上来说,生命就是一场猝不及防的分离,谁也不知道,在下一刻分离会不会到来。我们从出生到离去,哪一次的遇见和分离能由自己掌控?生命始终在猝不及防中跋涉,每一刻都在生死之间穿行。

既然生命是一场猝不及防的分离,那么,那些重逢和离开都要被当成义无反顾、甘心情愿的经历。这样,我们才能拥有当下活着的那份平静和恬淡!

永远不要叫醒那个装睡的人

01 >>>>

单位分来两个实习生,小王和小李。小李是院校特指的优秀实习生,被送来的时候领导还特意在他的名字上重重地点了点,我当然心领神会。事实上,小李给我留下的印象也特别好,他不仅嘴甜而且幽默,唯一的缺点就是懒,一有任务就肚子疼,几乎没做什么工作。

另一个实习生小王,话少、憨厚、略有些木讷,每次开会的时候,总是拿着小本本认真地听,仔细地记。因为就在我们眼皮底下,跑个腿,提个水,写点儿文案,打印文件,我们都爱指使小王,小王也很勤快，屁颠屁颠地答应了。做得多也会有一些失误。有一天，我进领导办公室，看到领导正在训斥小王："提个水还提不了，洒了我一桌子，能做甚！"

那段时间，正好遇到单位的正副职闹矛盾，单位里暗流涌动。有一次，他们居然在会议室里杠起来了，针锋相对，互不相让，并让在座的人予以证明。这话一出，有一半的人瞬间就消失了，官场上的老油条都知道站在谁的立场上都不合适。

实习生小李更是狡猾，抱着肚子假装上厕所，再也没有回来。只有实习生小王榆木疙瘩似的拿着一个小本子说，他本子上记得清清楚楚，他给翻翻笔记就全知道了。那天，我看见两个主要领导恨不得把小王手撕成鱿鱼片。小王还觉得他做了一件多么正义的事情似的。到了年底，小李正式转正，小王从此在我们的视线里消失了。

几年后，小李已经成为我的顶头上司，春风得意。有次喝完酒，我忍不住恭维他："李总，您在仕途上也算有天赋的人。"他剔着牙一副过来人的表情，意味深长地说："要学会装睡啊！"

02 >>>>

有段时间,参加了一个评选活动。现在的评选无非就是拉票,本来我不太喜欢这种虚名假意,但是那段时间正在卖自己的音乐作品集,也算借势营销,就参加了。其间,有人怂恿我,这是你的强项,有那么多的媒体朋友,夺得头筹是分分钟的事情。

事实上,实际情况比预想的差很多。我本来也很坦然,毕竟朋友圈本身就商业气息太重,我要是遇到天天拉票要点赞的也会心烦意乱的。将心比心,所以也能理解。但投票截止之后的朋友的反应让我十分惊诧,有五十多人居然私信我,一口埋怨:"兄弟你太低调了,不够意思。这么大的事情也不说一声,拉票、买碟分分钟搞定,我们可是你的追随者啊……"

有位老兄居然给我打过电话来劈头盖脸地把我教训了一顿:"出名了哇,看不起你哥了,兄弟你那么重要的事情也不言传一声,多的哥没有,三两万还是赞助得起的啊。"我能说什么,客气地说"谢谢你的美意,有困难少不了要麻烦哥你的"。最后,双方嘻嘻哈哈地完美收官。

事实上,我在朋友圈里拉票的时候,前半分钟还看见他在发动态。我当然不能揭穿，因为我知道，永远叫不醒那个装睡的人。朋友而已，又不是"在一个锅里搅稠稀"的人。

装睡的人，你是叫不醒的；要走的人，你是留不住的；不爱你的人，你是感动不了的。

03 >>>>

我有一个同学，每次来办事儿，出发前就会打来招呼，几点到地儿，老同学聚一聚。我们也是奔走相告，热闹一场。有一年，我去他的城市出差，心想给老同学一个惊喜，去了再告诉他，我就在他的楼下，他一定高兴坏了。

那次，我去了给他打电话，他果然非常高兴，一个劲儿地骂我："臭小子，不早说，我刚到日本。"见不到同学，我的心里还是有些失落的，觉得没有他的这座城，突然那么陌生和冷清。我本来可以在这座城多待几天，但临时决定第二天就返程。当晚，我一个业务上的合作伙伴给我饯行。去了，我居然看见我同学也在那里。他整晚上都在解释没去日本的原因，我当然嘻嘻哈哈地笑着敷衍他，没事儿的，没事儿的。后来我们就慢慢不联系了。

04 >>>>

朋友庆向我诉苦，她暗恋的那个他，真是一个榆木疙瘩，无论她如何向他献殷勤和暗示，他都一脸茫然，这让她十分苦恼。按理说，男追女隔堵墙，女追男不就隔一层纱吗？我朋友归结为"他书读得多了，读傻了"。

我十分好奇，主动请缨下次聚会给她观察观察。后来我告诉她："忍痛割爱吧，他不是你的菜。"庆当然不解。直到暗恋的他神不知鬼不觉地结婚了，庆才彻底死心，才找了现在的丈夫。那天说起过去的事儿，庆十分感激我，说："我终于明白，谁也叫不醒一个装睡的人。"

05 >>>>

装睡的人，你叫不醒。如果心里有你，他会主动；如果爱你，他会流露真情。如果这些都没发生，那么你就不要劳心劳力、努力争取了。

装傻和真傻是有本质的区别的。装傻的人在卖弄聪明,真傻的人在寻找聪明。聪明过了头,与智慧就生疏了。揣着聪明装糊涂,是一种心机。即使装睡的人演技拙劣,也别叫醒他。叫醒他也没用的,因为他把所有人的智商都低估了,让他放下聪明真挚地活,就好比把贝壳的壳儿拔掉一样,非死即残。而真傻的人从来不会和你兜圈子。

与其兜那么大的圈子,不如让自己好好睡一觉,养精蓄锐,才有精力和他们斗智斗勇!

不适合的鞋子,就不要硬塞了,磨的是自己的脚。讨厌你的人就不要费力去讨好了,廉价的奉承永远比真诚的冷静更糟糕!

朋友圈不断更新,但发了微信不回复的人,就没必要再打电话提醒了,争取回来的在乎其实比沉默的疏远更漠然。真正相爱的人,有再多借口也不会分手,无缘就放手吧,别挡住了那个真正爱你、懂你的人找寻你的视线。

既然习惯了人情冷暖的起伏,就要接受世态炎凉的疏远。刘瑜说:"说到底一个人改变自己很难,改变别人更难,容易改变的只有接受这个世界上还有一种装睡的人这个事实!"

永远不要叫醒一个装睡的人,就像永远不要和傻子争论一样。他不仅会拉低你的智商,也会用装傻混淆你的诚意。

每一段年龄都值得你平等对待

朋友的小孩儿三四岁的样子,我们大人聚会的时候,他也总是心不在焉地坐在一边玩耍,有时候我们会忽略他的存在,开一些成人的玩笑。要不是发生那两件事情,我们还会习惯于按照成人的思维对待这个小家伙。那天聚会时,有对小夫妻不知道因为什么事情争吵起来了,但是碍于大众场合,他们压抑着情绪。我们本来以为这事儿就算过去了,虽然女方以家里有事儿提前退场了,而男方为了面子还在那里死撑着不走。就在女方走了一会儿后,朋友家这个一直埋头玩耍的小家伙,突然走过来指着男方煞有其事地说:"你回去挨打呀!"还没等我们反应过来,他又来了一句:"你在外面有女人!"听着小家伙奶声奶气的话，大家都感觉很穿越。他妈妈更是不以为然地说："小孩子家家，你懂个屁！"最令人匪夷所思的是，就在这时，这小孩儿无缝对接地回答："他打电话时，我听见的！"此话一出，大家起先是面面相觑，接着就是一片轩然，那个闹矛盾的朋友更是从椅子上弹起来喊道："你怎么啥都知道？！"

事后，大家感慨道："现在的小孩儿是不是转基因吃多了，成精了，啥都懂！"回家的路上，我特别感慨，也不断反思自己，是不是我们忘记了成长，以为经历得多了就忽略了孩子的世界其实比我们想象的丰富？那个小小的世界正在构建中，包括审美、是非、冷热、悲喜、事情的来龙去脉等，这些已经初具规模，只是不能同步而已。孩子的世界里只是没有我们成人的世界里的世故和圆滑而已。

想起女儿上幼儿园的时候，每天回来也会八卦，哪个老师喜欢她，哪个老师和哪个老师不好。有时候，我们也问她，你是怎么看出来的，她当然无法总结出来。但是有次我们无意中转换角色，我扮演成学生，让她给我演一遍老师。结果她上来就笑眯眯地摸着我的头说："你今天真好看，真乖。"接着我扮演成另一个老师，她马上收起笑容，十分客气地说："麻烦你让一下地方好吗？"老实说，我特别惊讶，女儿如此精准的判断,实在是超乎我的想象。其实,小孩儿的世界比我们想象出来的世界更丰富和具体,只是我们以成熟的名义做着一些极其愚蠢的举动,让原本养成的习惯和曾经遵守的承诺被渐渐打乱或者打破。比如,上街以车多、人小、别累着她的名义抱她,让她慢慢养成了累了就必须有人抱着的习惯。某天,我带她遛弯,她稍有不舒服就要求我抱她,特别是在通过耍泼泪奔得逞之后,这种套路马上被她运用得驾轻就熟起来。

在成人的世界里,我们总是很有优越感地把小孩和老人分列出来,用俯视的姿态发号施令。其实,大概每一个人都忘记了自己的成长,大人们的成熟只不过是掩耳盗铃的自作聪明罢了。年老亦然,他们的爱恨情仇、酸甜苦辣一样不少。只是有些人以岁月的名义掩埋掉了那些蓬勃而出的情感和欲望,按照社会规范的条条框框假装成老年的模样。

我朋友程文静教育她六岁的女儿特别有一套,她们就像两个成年女子在聊天似的。比如,她女儿在我们几个大人说话的时候跑过来要插话讲她遇到的事情,程文静从来不会优先回答孩子的提问,她有时候还会郑重其事地告诉女儿:"女人不要话多,不得体!"还比如,旅途上,她女儿和另外一个小男孩儿因为什么争抢起来，她一般都是这样叮嘱她女儿的："蠢女人才那么蛮干，你能打得过他吗？为什么不用你的优势？"接着她女儿特别柔情地对小男孩儿说："哥哥，我耍耍你的玩具。"结果当然是皆大欢喜。

几次同行下来，我发现朋友程文静是个特别有智慧的女人。有时候聊起教育来，她很直率地说："别把人区别成小孩儿、老人，每一个年龄段都值得被平等对待，没有特权，也就不会有迁就和优先。优先多了会让一个人的三观走偏，当他真正独立的时候，已经无法更改。这种走偏的三观将伴随他一生。三观就是一个人感知世界的导航系统。"

很多人吐槽歌手王菲是个自私的妈妈，但是王菲丝毫没有因为这个而自卑，反而活得很阳光和自我。单就对待爱情的态度来说，王菲是站在女人之间的平等立场上来教育女儿的。她不会因为女儿而迁就别人，也不会因为爱情而委屈女儿。记者采访她如何让继父当好女儿的爸爸时，她直接呛回去说："她又不是没爸爸！"在问到女儿如何看待她的爱情时，她也是直截了当地回答："我的爱情她看什么，她会有她的爱情的。"当然，王菲的教育成果如何，前不久小女儿走上T台的那种舍我其谁的自信已经说明了一切。王菲在接受杨澜的采访，被问到对李嫣先天性的残疾会不会有些遗憾时,是这样回答的:"我从来没有考虑过这个问题,每一个生命都值得被尊重。"她还不容置疑地称:"我觉得嫣儿很美。"这大概就是平等的样子吧!

每一段年龄都需要平等相待。尤其是生命的两端,成长与退化是每个人必经的路口,别用成人的思维惯性来度量孩子和老人的世界,他们的丰富和敏感足以让你平等相待。否则,成人世界里的瑕疵会变成他们未来旅程上难以翻越的黑暗。

智慧的相处,不是命令和调迁,是将心比心的换取,是感同身受。让花开拥有它的娇艳,让风过保留它的流动,让单纯允许它的存在,让阅历成就它的丰富,才是对每个年龄段最正确的打开方式。

如果说,成长是感知和经历,那么,平等是欣赏和见证。我把我拥有的风景和你分享,我把我遭遇的弯路供你参考,你会发现生命的丰盈和灿烂超出你的想象。这会让你多一次成长,多一份获得,何乐而不为呢?

如果可以,请别自作聪明,平等的视角才是上帝的眼界。我们只需告诉这个世界,我曾经来过!

何况孩子还带着天使的使命,你只需要对他友好地说:"我比你早来一些,有需要关照的,请吩咐!"

那才是成人世界里的智慧和从容。

　　这个世界上比海洋更辽阔的是天空,比天空更宽广的是人心,心有多大,舞台就有多大,做那个喝彩的人也挺好。

善良是我们对世界最温柔的馈赠

01 >>>>

昨晚,同学小聚,晚归。下雪,奇冷。等我们散场,街上行人稀少,冷冷清清的。

从吃饭的地方叫了一个代驾。代驾是个年轻的敦实的小伙子,一口山西话。

他上车就问我:"今晚的饭菜还行吧?"谈话中才知道,他就是我们吃饭的饭店的厨师,下班后,兼职当代驾。

我以为他会抱怨生活的辛苦,谁知道他笑嘻嘻地说,这座城市真好,他媳妇就是当地的,从不把他当外地人,跟着他从租房子一步一步走过来,最近刚给他生了一对双胞胎。他觉得这里是他的福地。

他听我在某某小区住,突然有些抱怨地说:"那里太偏,最主要的是那个小区的人不好。"

接着,他说:"前天代驾了一辆路虎,把人送到小区后,那人居然以多绕了路为理由拒绝支付代驾费,我和他理论了半天,差点儿打起来,也没要到钱。"

正说着,他突然急刹车,把车停在了路中央。

我抬头一看,在我的车两米外停着一辆黑色的路虎,打着双闪。

代驾不耐烦地按了几下喇叭,自言自语道:"这哪是路虎,这是霸道!"

前面的路虎没有一点儿动静,代驾望了望我,等候我的决定,犹豫地说:"大哥,你坐着,我下去看看。"

说着就拉开了车门,扑面的寒风夹着雪花,让我不禁打了一个寒战。

不一会儿,代驾急匆匆地返回车上,不住地哈着气,嘟嘟囔囔地说:"标准瞎货,臭开车的,把油耗得一点儿也没有了,就是飞机,没油也寸步难行啊。"

他犹豫了一下,用商量的口气问我:"大哥,和你商量一个事儿吧,要不你的代驾费我不收了,都是出门人,我去油站给他买点儿油去,行不?"

我望了望窗外就像饿狼似的风雪,也动了恻隐之心，默许地点了点头。

代驾仿佛是得到奖赏似的，高兴地用山西话说："大哥，一看你就是讲究人！"

从油站返回大约三十分钟，他一路上从夸我到夸他媳妇，又到把这个城市夸了一遍。

他反问我："大哥，你知道这个城市最好的地方是什么吗？"

他根本没等我回答，自顾自地回答道："就是人善良！"

我们返回给路虎加了油之后，代驾的眉毛胡子上都挂着冰霜，像个圣诞老人，那时候的风雪更大了，拉开车门蹿进来的冷气就顶得人喘不上气来。

代驾一边挂挡，一边很是诚恳地向我道歉："不好意思大哥，都是出门人，耽误你了，今天代驾免单啦。"

接着他自言自语道："你说世界小不？那路虎车主就是那天拒付我钱的家伙。"

我很愕然。代驾可能看出我的表情，专注地看着前方，一脸无所谓的样子："都是出门人，谁还没有个困难了。"

老实说，那时候，我突然觉得代驾特别帅，像《纵情四海》里得手的小马哥。

原来善良是自带光芒的，在这个寒冷的冬夜，让人心生一股暖流。有时候善良不是诉说温暖，而是传递阳光,不是外表光鲜,而是内心豁达。

02 >>>>

那时候,我还在体校。

有一年冬天,我们五个队友去参加比赛。

返程的途中,有个队友把比赛失利怨怪在老五身上,不断地对其恶语相向,并暗中挑拨离间,让我们孤立老五。

因为我和老五私交不错,而且那年我在草原,是老五踏着大雪来看我的,所以我就果断地拒绝了他们的拉拢。

我们一下车就分道扬镳了,他们三个人在后面故意大声说话,含沙射影地谩骂我俩,我和老五气冲冲地走在前面,小声地诅咒他们。

那时候去学校要徒步翻一座沙丘,过一条河。在过河的时候,我们以为这么冷的天气,河水肯定结冰了,我们直接穿过去就行。

谁知道,那年上游的化工厂排出了一股暖流,让表面看着非常结实的冰面,其实暗流涌动。带着一肚子气的老五,还没来得及踏稳脚步,就掉进了冰窟窿里。所幸河水不深,刚刚及腰。我趴在冰面上把老五拽出来的时候，他的衣服冻成了铠甲的样子。因惊吓和本身寒冷，老五打着牙颤，脸色铁青地抖着。我们爬上河岸，只能从上游的小木桥过去。但是老五没走几步，突然又转身跑下河堤，搬了几块冰垒起来，在沙滩上写下了一行很醒目的字：绕行，冰没冻结实！

老五做完这一切，云淡风轻地对我说："快给那三个个泡（当地的骂人话）提醒一下，不然让他们掉进去冻死呀！"

这件事过去三十多年了，那些画面还刻在我的脑海里。从那以后，我一直固执地以为，我亲眼见过善良的样子，就像老五。原来善良是一种本能，是一种以自己的经历体恤别人的遭逢的细心和提醒。

越来越觉得，善良是上帝在人间开设的分店。它以柔软、豁达、谅解、善解人意、不记仇恨等等样子分布在人间的角角落落里，不经意间，温柔了这个世界。

03 >>>>

说起善良总有一些细碎的画面闪过眼前。

牧区，每年冬天，在唯一的水源地——饮羊的井旁，大爸总会在羊群喝过水之后，把水槽里蓄满水。我曾经非常不懂,好奇地问大爸,大爸不置可否地回答:"水又不是我们一家人的,渴了的生灵都可以喝点儿。"

我当时觉得大爸愚笨,但是,现在懂了,那就是善良。那些喝过水的乌鸦、野兔、狐狸、狼都会懂得。在善良的家族里,一定还有胸襟和度量,辽阔和善意的位置。

我朋友婚姻不幸。富豪丈夫榨干她的使用价值后,无情地转移了财产,决绝地提出了离婚,甚至都没有顾及她的小孩还在哺乳期间。一个人要是变心了其实比冷酷更绝情。在这种境遇中,我朋友差点儿抑郁了,她一度甚至怀疑人生。

就在这时,有个男人走进了她的生活。与她前夫比起来,现在这个男人无论是财富、学历,还是相貌都不值一提。

很多人觉得我朋友受伤后选择了破罐子破摔,甚至有人断言,他们之间没有爱情,只是落难之后的互相取暖,终有一天会散。我朋友也很少讲述他们之间的故事。

但是,接触过我朋友一家的人都非常肯定地说:"他们之间才是爱情。"因为我们都看得出我朋友的小孩儿在他这个继父面前的那种随性和随意。只有满满的爱才能丰盈一个孩子的率性而为。

大概在这个世界上，有一种真爱就是，除了爱你年轻时候的容颜，也爱你年华已逝的两鬓斑白，爱你洗尽铅华、红颜老去的模样，爱你所爱的所有，比如那个小小的小孩儿。

原来，善良是爱的根基，是整个春天的模样，能让每一朵想要绽放的花朵变得蓬勃。

04 >>>>

我也见过这种善良。当有人在背后诋毁自己的朋友时，大多数曾经当面拍着胸脯发誓看重情义的人都沉默的时候，那个平日里沉默的人，却站出来说："你们在背后说我朋友，我可难受了！"

我也见过这样的善良。明明是被辜负，却从来不在分手后埋怨他的为人，总是轻描淡写地说："他可能不是好丈夫，但肯定是与我不合适而已。"

现在，我终于明白了什么叫作这是最好的时代，不就是这个世界从未薄凉，总有一些人悄然用行动告诉你世界依然很美好吗??

真正的善良，始于本能，发乎良知，久于信仰，终于品质。

那些隐忍的泪滴，沉默的心痛，并不是爱心泛滥、悲天悯人，而是那悲悯的善意让你忍不住想提醒，忍不住想柔软，忍不住想站起来，忍不住想扶一把。就是这些看似平常的举动，才有那黑暗中的笃定，温柔中的情怀，掷地有声的语言，云淡风轻的微笑。

请记住：善良并不是软弱，也不是愚钝，而是在这个嘈杂的世界中，对这个世界最温柔的馈赠。

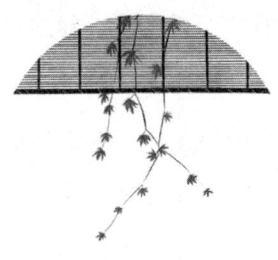

生命是杯微凉的水

昨天下班路上遇见了以前的同事小淼，他对我极其神秘地说："你记得以前的同事老王吗？"

我说："哪个老王？"

小淼看我一脸茫然，着急地描述："长脸，中等身材，话少的那个。"

我还是一脸茫然，小淼着急地帮我回忆："就是隔壁单位小李她老公。"

我越发糊涂，但我也着急："你先说老王怎么了？"

小淼这才按捺不住，激动地压低声音说："昨天，下班路上，死了。"

啊？尽管我还是没有想起他说的是哪个老王，但毕竟事关生死，况且还是身边的熟人，难免有些惋惜。

我和小淼互相说了一些生命很轻,说没就没了的感慨后,道了声珍重就各自回家了。

回去的路上,我的心情莫名的沉重,有些说不上来的感叹。一个生命就这样无声无息地来了又去了,这不是我们所有平凡而普通的人的一生吗?

挣着不多不少的薪水,干着不重不轻的营生,和一群可有可无的人打着交道,重复着春夏秋冬的路径。下班见的是柴米油盐酱醋茶的老婆,按一定比例生点儿小病,和老婆吵五毛钱的小架,教训教训学习不好的儿子,天冷了找条秋裤穿上,天热了找几片阴凉回家……这难道不是我们每一个平凡人的一生吗?

回家之后,找到以前的通讯录,才恍然想起原来是他。他比我还小两岁,当年是单位里的小王,居然不知不觉成了小淼眼里的老王。

更令人匪夷所思的是,和老王共事了也有几年,关于他的记忆却极少,他像风一样,无声无息地来了,又无声无息地去了。只记得有一次,我们几个加班,无意中讲起某某失恋,大家你一言我一语地为某某出谋划策,当年的小王像个老人似的坐在旁边一脸茫然。有人怂恿小王,让他讲讲自己的恋爱经历,小王依然是一脸茫然。旁边有一个和他比邻而居的同事插话说:"小王才没有呢,工作是父母安排的,老婆是别人介绍的,孩子是他妈给看大的。"

大家起哄道："小王才幸福呢。"

小王依然茫然地点点头。有人问小王有什么爱好，小王想了很久，回答："没有！"

老王对我而言是那么陌生，又是那么熟悉。谁能说他的身上没有我们的影子呢？他的身上体现着千千万万、普通到不能再普通的我们的无声无息的一生啊。

忘了是谁说过的，生命是一杯微凉的水。

有的人轻轻地举起了杯子，加点儿红酒，放点儿音乐，风花雪月，慢慢地品，细细地喝，然后在微醺的岁月里从容地老去。这是美好的一生。也有的人疾风暴雨，刚烈生猛地一饮而尽，像烟花一样绚烂，像黎明一样短暂。这是绽放的一生。而更多的人像一杯安静的水，无声无息地蒸发掉了，水没了，杯子也就成了一个无用的器皿，仿佛油尽了灯也就熄了。

每个人的杯子都差不了多少，只是我们选择如何喝完这杯水不同而已。从这个意义上来讲，如何喝这杯微凉的水才是活着的意义。

人到中年，每个人都会从当年的小王变成现在的老王，迟早都会到达终点，悲壮地倒下或者无声无息地离去。这不是我们活着的目的。

活着的目的是这个过程。

活着是"行到水穷处,坐看云起时"的洒脱;

活着是走着走着,草就绿了,花就开了的不期而遇;

活着是把时间磨成粉末,然后用粉末揉面,做自己喜欢吃的包子饺子面条,吃得心满意足的细密和琐碎;

活着是给这些许暗淡的岁月涂一抹口红的勇气;

活着是让这杯微凉的水有了情调和内容,甚至是让这杯水有些仪式感和敬畏。

活成唯一的自己,才不枉这杯微凉的水。

这一生,那么短。爱吃的,就是为了那一口而努力也是一种幸福;爱穿的,就是为了得到那一件而拼搏也是值得的。爱就大胆说出来,疼就勇敢哭出来。要知道,我们能左右的事情不过就是坦荡地放过自己。况且,我们的一生还会遇到那么多的遗憾和坎坷。

低智商的善良比愚蠢的危害更大

什么是善良？百度上说：善良就是心地纯洁，纯真温厚，没有恶意，和善，心地好。这是指的个人修为。然而，对别人的善良是需要智商做支撑的，没有底线和判断能力的善良有时候就是助纣为虐和助长恶意！毋庸置疑，低智商的善良比愚蠢的危害更大！

我的粉丝群中，有个神经不正常的女子，去年冬天突然赤脚跑到我工作单位的楼下打电话威胁我，说我如果不见她，她就自杀云云。后来联系其家人未果，我只好求助120。

本来病人寻求医生的帮助是再正常不过的事情了，但偏偏我的读者群里有一群貌似善良的人。他们一面劝我像羊脂球一样以身相许，理由是人家那么喜欢你的文章,你对人家示好有什么不可以的;一面又在群里质问我,连个病人的诉求都不能满足,你对得起文学吗?!本来我是想解释一下的,面对病人,凭着一腔热情是帮助不了她治病的,热情有时候不仅是蛮干,还有可能延误治疗时间,求助医生是最科学和理智的做法。但是,这些被善良冲昏了头脑的人,根本就是脑回路堵塞,直接从医院把这个女子接回了家,以为献出爱心就能治好她的病,结果那女子半夜跑进雪地里,差点儿冻死。最后还是求助了医生才将那女子安全送还给家人。用前来救助的医生的话说,那就是一群蠢货。那些人还振振有词地反问道:"我们的善良有错吗?"

善良不是免死金牌,如果是以道德绑架和蛮干实施的善良,其实早已远离了那个善良的本身,它已经变成了展示自己的优越感和暴露自己愚蠢的哈哈镜。追其缘由,低智商的善良是以施善者为中心的,而真正的善良都是以接受善者为中心的。

在当下社会,这样低智商的善良比比皆是。比如,明明知道某事件的始作俑者是背信弃义的惯犯,却以"成名不易,毕竟人家曾经给我们带来快乐"为由,要求观众别关注人品,只看作品就好;明明被苦难和贫穷碾压在生存线上,却以"贫穷让她上进和历练"为由,感恩戴德地感谢贫穷;明明是以身试法、破坏社会秩序，蛮横不讲理地抢占公共资源，却以"人家是孕妇"为由，要求别人网开一面；某某电影票房很好，于是就有很多自认为善良的人逼着演员捐款；不守交通规则撞坏别人的豪车，却有一群人涌上来指责富人"那么有钱，不应该让穷人赔钱"。

不知从何时起，因为市面上低智商的善良泛滥，"谁弱谁有理""谁穷谁光荣"横行霸道，于是出现了情怀碰瓷，道德绑架，"正能量"横冲直撞，于是不探究真相，不遵守规则，只要以善良的名义就可以颠倒黑白，扣帽子打压！

生活中，我们常常听到这样的劝解。

"你一个大人和一个小孩儿计较有意思吗？他不就是随地尿了一道，不小心踢了你一脚，至于不?!"

"老太太是有点儿不讲道理，谁还没有老的一天，将心比心吧！"

"一个大男人能不能心胸大点儿，让一让女人有什么不好啊！"

"时间都过了那么久了，放下恩怨才能立地成佛！人都死了，你把凶手置于死地又不能让死者复生，原谅别人，是救赎自己。"

是不是觉得这样的话特别熟悉？对，低智商的善良就环绕在我们的周围。有人说，真正的文明就是必须求同，真正的文化就是允许存异。发没发现，文明程度越低的地方，这种低智商的善良越多，秩序就越乱！我去过日本，日本的交通秩序和城市环境治理得非常好。尽管在街面上基本看不到垃圾箱和清洁工，但是秩序井然，环境非常整洁。问之，才知道，违规的成本很高，没人敢以身试法，低则倾家荡产，高则永不翻身。在所有的规则面前，遵守比善意更重要！善良是一种能力，而不是一种姿态，是需要你为此担负的能力，而不是低智商地唱高调！

低智商的善良是对秩序的挑衅，是是非不分的伪正义，是自以为是的站队，是理所当然的谁弱谁有理的逻辑混乱。有着低智商的善良的人向来不会反思，更不会独立思考。他们不屑于了解事实背后的真相，只是为了同情而同情。

若理性不存在，则善良无意义。一个不善于思考和分辨的人，他的智商也仅仅算是脑容量而已。要知道，帮凶比凶手更可恶，那些以善良的名义肆意破坏人类架构起来的公序良约的人，其实比恶人更有杀伤力和毁灭性。而且这些低智商的善良会裹挟着所谓的正义理所当然地吃着人血馒头而浑然不觉。低智商的善良比愚蠢的危害性更大。它会成为一种风气，无声无息地阻碍着真相和文明的进程。

郭德纲说，远离那些不知道你经历了什么就劝你大度的人，因为雷劈他的时候，小心连累了你！说到底，很多人只知道善良的皮囊，却看不到善良的本质。其实，真正的善良，需要设身处地地为他人着想，力所能及地提供帮助，敢作敢为地承担责任，和逻辑缜密地进行思考！

苏格拉底说："无知的人是没有资格行善的。"

低智商的善良其实更愚蠢，更难救治。善良是自身的修为，不是劝人和约束别人的工具。不辨是非的善良是一种伪善和愚善。一个文明的社会，在秩序面前，人人平等，绝不网开一面才是文明应有的光彩。

自己都量力而为,谁还愿意为你全力以赴

哥们再次宣布失恋的时候,全宿舍的人都炸锅啦。

凭什么呀?!

哥们说,人家嫌我胖!

胖怎么了?不是因为胖,能徒手三公里抱着她去急诊?不是因为胖,能挽起袖子毫不犹豫地为她抽两百毫升的血?不是因为胖,能在她被别人踹了还毫不介意她挺着五个月的肚子当一个莫名其妙的亲爹?

哦,现在亲爹来了,这个冒名顶替的爹没用了,现在有了真爱,才发现这个超级备胎原来这么胖?!

哎呀,人能不能不功利,能不能不势利,能不能长情一点儿?

我们替哥们鸣不平的时候,胖子傻傻地坐在那里,

满眼的委屈和难受。我们真不知道接下来如何劝他，只能违心地说，想开点儿，这个社会，真情还是有的，只是你命不好，遇到个人渣而已。

咱们心宽才体胖，咱们胖又没有挡他家信号，咱们胖说明胃口好。

看样子，这次哥们是真伤心啦，我都没话可说了，他却蔫蔫地靠在床头一言不发。他望着我们，哀哀地说，你们走吧，我想静静。

晚上我给他买的鸡腿，他一口未沾。

早上五点，我听见他还在翻来覆去地难受，后来终于听不见动静了。我想，他可能想通了，睡一会儿，可是等我再睁开眼睛，发现他早已经起床啦。

接下来，就有人看见一个黑塔似的人，风雨无阻地移动在操场上。

起先，我断定，这是失恋综合症，励志几天，就偃旗息鼓了，胖子的志气一般比兔子的尾巴还短。

可是，我们想错了。半年后，黑塔居然成了操场上一枚移动的黑影。据目测，他瘦了顶多三斤。这没有希望的减肥，要是我早放弃啦！

有几次，我看他迟疑了几下。我想，即将公布一个胖子的减肥流产的时刻到了，可是哥们鼓了鼓勇气，又下楼了。

我说你何苦为难自己。他吃力地咽了咽口水，反问我说："自己都量力而为，谁愿意为你全力以赴？"

这是我听到的史上最励志的话。

接下来，他继续遥遥无期的减肥之路，我们开始隔三岔五地制定目标。

快毕业的时候，和我一起面试的那个型男，居然被一个国企特招成平面模特儿，被直接送去法国深造。

这个型男，就是那个胖子。

这个故事才刚刚开始！

接下来，这个曾经的胖子，简直成了梦想成真的活标本。出国时连 ABC 都不会的人，居然用了三年的时间考了法国的大学，被法国当成特殊人才引进啦。

我常常对别人说，胖子就是被上帝用梦想加持的宠儿。

想不到，胖子一口否决了我的说法。他说，你知道幸运的背后需要有多努力吗？三年，他每天只睡三四个小时，有时候上厕所就能睡着。他为了节省时间，吃了三年外卖，吃到牙龈出血。三年后，他拿到了绿卡。后来，他在法国教中文。之后，认识了一个学中文的老学生，被极力邀请加入一家家族企业的管理。他所管理的企业创造的品牌是服装界的第一，他参与设计的化妆品现在已经成为时尚界的新宠……

他还是那句话:"只有自己拼尽全力,才有可能赢得幸运的垂青。"

他反问我:"自己都量力而为,谁愿意为你全力以赴?"

我开平台的时候,每次遇到困难总会轻易原谅自己。比如,有了错别字的时候,马上暗示自己一个搞体育的能写文章已经很不错了;粉丝量下滑的时候,满不在乎地归罪于粉丝的欣赏水准有问题;很久写不出十万加的文章,安慰自己幸好坚持住了底线,没有跟风……

后来,有幸去一个大平台实习。我发现他们的工作时间从每天早上九点到半夜一点,等公交的几分钟都在写公号。王宝强一点发出的离婚声明,早上九点上班,公号已经发送了三篇即时网文。简直让人觉得王宝强的声明是比照他们的网文写出的一般。实不相瞒,我都成了憋尿小能手,遇强则强,在种子选手的面前,瞬间找到了比赛的感觉。我在两天内写了四篇网文,而且都上了十万加。

那几天,我眼前老晃着我同学的那句话:自己都量力而为,谁愿意为你全力以赴?

我发现人不逼一逼自己,你自己都不知道你还有一个备用发动机。人的精力非常有限,只有全力以赴,才能做到精益求精,才能弥补自己的缺陷,把幸运逼到眼前。

凡事量力而行的人事事只能做到"尚可"的水平，结果往往是没有一件事能够取得成功。死水微澜，四平八稳，幸运都懒得靠近，这注定是失败的人生！

有人认为："我的工作不值得全力以赴，我量力而行能过得去就行了。"其实，不管你的工作怎样卑微，你都应该全力以赴。哪怕你用三分钟的时间搞定你的工作，腾出十分钟的时间休闲，哪怕是发呆，你也会带着满满的享受。磨洋工式的工作，不仅容易错过花开，也很容易耽误了落雪。

虽然电影《肖申克的救赎》是一个讲希望和自由的故事，但是我看到了一个自我救赎的故事。而那个能够拯救自己的人就是每一个全力以赴的自己。

生活本来就像一场战争，只是它总是寂静无声地进行着。内心的疆域无法丈量，那里的自由虽然是无人可以控制的，但是无论身处何种逆境，只有百分之百地努力，才可能赢得百分之一的转机。

人类精神的伟大也就在于此了。

辑四

取悦自己才是对活着最隆重的敬畏

遇见,是一幕没有彩排的意外

遇见的美好,关键在于意外。

没有预约,没有设计,冥冥之中,又在预料之外。突兀的一场细雨,纷飞的一次大雪,柔柔的、暖暖的一抹落霞,一夜醒来的遍地绽放,孑然独行中望见的一束灯光,友善的微笑,默契的伸手,举头望见的明月,毫无征兆的不期而遇……遇见是一种神奇的安排,是一切美好的开始。

遇见总有一些禅意。淡淡的,却顺理成章;隐隐的,却自然流畅。遇见是一场没有剧本的华丽邂逅,是一次前世今生的久别重逢,是一个猝不及防的惊喜,是一次心灵上的期许。遇见,有时候来不及倾听,就已经转身天涯;遇见,有时候等不上温润,就已经渐行渐远；遇见，有时候是冗长的准备，却发现在蓦然回首中，早已经消隐在灯火阑珊的深处；遇见，有时候决定放手，却发现他跋山涉水刚刚赶来。

遇见是人生的留白和断章，是流年中遗憾的补遗和点缀，是素衣锦心的惊艳时光，是惊鸿一瞥的刹那转身，是晨露与花朵的相逢，是秋风与落叶的巧遇，是心心相印，一见如故。

临窗而立，望着灰蒙蒙的天际，孤独包裹着自己，隐隐约约的歌声断然开封了很多年前的某个一样的午后。你说，好像在哪里见过你。于是，我们借着缘分的名义，开启了一段美丽的同行。有喜，有悲，有得，有失，即使从此天涯，也不曾后悔。是遇见点亮了平凡的岁月，生生地将微凉的午后雕刻成恒久的想念。

没有遇见就没有失落，没有失落就没有记起。三毛与荷西的遇见，从此成了一个人的孤旅和想念；张爱玲与胡兰成的遇见，从此让孤独变得很锋利，让世俗变得更冷清；席慕容与草原的遇见，才有草尖上的乡愁，荒漠中的隐忧；腾格尔与歌声的遇见，让沧桑变得更辽阔，让柔软变得更绵长。遇见是一种神奇的力量，让长期瘫痪在床的伊丽莎白·巴莱特站了起来，让白朗宁夫人写出了明艳的诗句；遇见也是一种致命的毒药，让有情人劳燕分飞，香消玉殒！有一种遇见，来了就再没有走,衣服是你洗的,饭是你做的,沉默你懂得,快乐你陪着。有一种遇见,极短。来不及熟悉,就成了陌路,等不上表达,就成了怀念。遇见有时候极其容易,一支烟,一场上下电梯,一枕黄粱梦,就能成全一段不肯谢幕的年华。遇见有时候极其艰难,哪怕耗尽了热情,丢失了自己,遍体鳞伤,依然还是孑然一身地独行。

人生是无数的遇见蓬勃成一个繁茂的期待。因为有经历,有不忍,有念念不忘和绵绵无期,才会有无数个向往的相逢,才会珍惜眼前的遇见、当下的时光,才会更从容地分享,更沉着地接受失去的怅惋。

一场春暖花开,就会有一次盛大地光临。一次落叶缤纷,就会有一次萧瑟地告别。遇见是一场修行,从荒芜的岁月中,开出了斑斓的春夏。遇见是一首清丽的诗,用朝思暮想的牵念换取一段辗转成歌的铭记。

一生,不长。一念就是一次相逢,无数个遇见才成就丰盈的人生。

遇见,不仅仅是一截时间。遇见是缘分,遇见是惊喜,遇见是阅历,遇见是看透。

总有一次遇见,改变了你的人生。总有一次遇见,变成你人生的一次成长。

遇见,是一幕没有剧本的意外,正是因为它的不确定,无法掌控,才有很多可能性。

那就把每一次遇见都当成一次即兴，你发现明艳的是你，暗淡的也是你，聪明的是你，傻傻的也是你。人生原来是一场百变的大咖秀，你是绝对的主角！

　　遇见是一场突降的大雪，覆盖了那些停留在原处的时光。你还未来，我已白头。天长地久不过是一场君临天下的纷飞。

　　世间所有的美好都不及一场旷世的相逢！

所有的豁达，都是原谅顶出来的老茧

小野的笑真是人畜无害，有她在的地方，大家就觉得一片明媚。

小野长得很一般，单独拿出任何一个零件来都是粗制滥造的五流产品。细细的眼睛，有雀斑的脸颊，一米五的个子，平胸还发稀。可是，这些残次品组合在一起，就会有一种说不上来的魔力，让你在几分钟内就被她银铃般的笑声降服。当然在她老公的眼里，她更是精品：林忆莲的眼睛，巩俐的脸颊，林青霞的嘴，关键是脸部以下全是国际范儿，什么赫本的气质，梦露的大长腿。简直了！这哪是夸人，分明是讴歌！

小野好命，老公不仅有吴彦祖的相貌，还有黄磊的品行。二十多年的夫妻了，他们还是成双入对的。最重要的是他们有一对龙凤胎，孩子的学习虽然一般，但活泼可爱，兴趣广泛。女儿喜欢游泳，儿子喜欢登山。简直了，这哪是阳光，分明是超级健康。

小野的人缘儿更是没的说，她简直是人气爆棚，有她的地方就有笑声，没有她的地方也总有人提起她来。一个人最大的魅力不过如此吧。人前背后都有关于她的牵挂和美誉，这也算是圆满的人生吧。

有一次，我们闲聊，上天其实一点儿也不公平，比如对小野，能给予的就没有吝啬过，她可能就是传说中的宠儿！

想不到，小野的老公突然深沉地感叹了一句："上帝从来不曾宠爱谁多一些，或者薄凉谁多一些。小野的豁达，其实都是原谅和宽容顶出来的老茧。"

接着，他讲了小野鲜为人知的很多心酸。

比如，小野是孤儿，至今都不知道亲生父母是谁。她的养母有了自己的孩子后，对小野特别不好。长身体的时候，因为营养不够，所以她才长成了现在一米五的样子。小野没上过大学，早早出来打工。这些反而让她学会了独立和果敢。她把多余出来的智慧兑现成了幽默。一次应聘杂志社编辑的时候，大概为了显得腿长，她穿了一双恨天高。结果，进门就摔了一跤，小野尴尬死了，自嘲道："怎么的，门框还嫉妒我这大长腿不成?"这话惹得在场的考官笑成一片。主考官是个女上司,当场拍板,就她了,不矫情!这扑面而来的淳朴谁能抵抗得了?!

但是工作没多久,老家来电,养母脑梗,她亲生的儿女都在创业阶段,没人肯牺牲自己的时间去陪母亲。小野马不停蹄地赶了回去,洗洗涮涮,不计前嫌地忙前忙后。人心都是肉长的,越是这样,养母越是觉得亏欠。临走时,养母把一对祖传的镯子留给了小野。一个鉴宝专家来杂志社开专栏,一眼就看见了小野的镯子,激动地说,你这镯子,可以在北京黄金地段换两套房子。

小野在拍卖现场认识了专程参加电视台相亲节目的留学建筑才俊——老公大牛。小野那人畜无害的笑声,瞬间就俘获了大牛的心。大牛笃定地认为这是他要找的人,他有触电的感觉,这是典型的灰姑娘遇到白马王子的套路。果真,狼外婆出现了。先是小野异父异母的兄弟们听说了镯子值钱,隔三岔五上门打闹。小野二话没说,就退回了这对镯子。

婆婆这边就不高兴了,认为这原本就是一个套路,是小野骗取进门的幌子而已,于是对小野百般刁难。有时候大牛都看不下去了,和母亲争执,护着小野。婆婆居然把这些也都怪罪在小野身上,断定小野是狐狸精,不仅骗婚,而且蛊惑了儿子的心,三天两头上门闹。

那段时间,小野一个人的时候会落泪,大牛心疼她。正好有一个项目在外地需要小野陪护,小野二话没说,辞职跟着老公去了外地。一年后,悠然自得、闲云野鹤的生活,不仅把小野养得珠圆玉润,而且让她怀孕了。后来,他们就有了一对可爱的双胞胎。

当然再后来,婆婆想孙子心切,提出要来儿子家居住,小野心大,也就原谅了先前的恩怨。

小野的老公讲这段的时候,满含深情。话毕,他深情地说:"所有的豁达,都是小野的原谅顶出来的老茧,其中的酸涩和痛处,只有小野自己知道。"

是啊,所有的豁达,都是原谅顶出来的老茧。豁达是因为善良,善良才会遗忘和放过。用谅解浇灌出来的善良,不是没有底线的,是不计较和不屑于计较。因为胸襟和格局足够大,因为站得高,所以才看得远。我能看到的辽阔超出你的想象,彼岸都已葱茏,此岸何来荒芜!

当红明星胡歌的前任薛佳凝,在名气上远远不如胡歌,但是无论胡歌还是他的影迷,说起薛佳凝没有不竖大拇哥的!众所周知,在胡歌遭遇车祸时,当时的女友、正处于事业发展高峰期的薛佳凝放下手头工作,专心照顾受伤的胡歌。很多人说因为照顾胡歌,薛佳凝错过了事业发展的黄金期,这对于薛佳凝而言是巨大的损失。但是两人分手后,薛佳凝从来不曾在公开场合借对方捆绑新闻,被网友们称为中国好前任。用胡歌的话说,她是一个豁达的人。

看到电视里那个依然动人、美丽的薛佳凝,我会不由得想起小野老公说的那句话:所有的豁达都是原谅顶出来的老茧!

薛佳凝也许永远达不到胡歌的当红程度,但是,她那份淡然的气度和优雅,多像一株水仙,淡淡地开着,花期却比任何植物要长、要久。

许多事情,如果看开一些,自己的心胸就会变得更加宽阔。

豁达,不仅是一种品质,更是一种做人的度量和人格的伟大。只有具备看透一切的胸怀,才能做到大度豁达。于伤害你的人而言,豁达是不计较;于走出阴霾的自己而言,豁达是淡忘。放过不仅是谅解,更是释然,只有释然了的豁达才能在慌乱时从容自如,在暗淡时悄然绽放,在明艳时低调内敛,在坎坷时逆风飞扬。

法国作家雨果说:"世界上最宽阔的是海洋,比海洋更宽阔的是天空,比天空更宽阔的是人的胸怀。"

能装得下辽阔的,才能懂得什么是无边无际和万马奔腾;能放得下恩怨的,才能懂得爱恨情仇和立地成佛的境界。

　　蒙古有句谚语：顶出来的老茧才知道经历风雨，长出来的新芽才知道欣欣向荣。以此自勉或者共勉！

多少人生都是败给了等待

我有一个同学,是那种做事特别严谨,事前考虑比较周全的人。上学的时候,他从来没有过什么过激和冲动的行为。事实上,从上学到进入社会,他虽然不是那种在人群中特别扎眼的人,但也因为办事沉稳,内敛,一路顺风顺水。他第一个成家,谋得了一份稳定的工作,与妻子相处和睦,孩子也乖巧听话。在外人眼里,他的生活过得安稳、平淡。每次我们同学中有谁不安于现状,总有人会拿他来做标杆,你看人家谁谁,安安稳稳的多好。

这期间我们同学有过两次大型的聚会,他都没来。

第一次的理由是孩子刚出生,让老婆一个人照顾,他于心不忍。他在电话那头嘻嘻哈哈地许诺,下次聚会一定去，多罚几杯烧酒。我们也笑着揶揄他："怕老婆的家伙！"

又隔了十年，同学中又有人张罗着聚会，让我通知他参加，他为难地说，小孩儿中考，上了高中就好了，这次估计还是有点儿悬啊。我的小孩儿没有他的大，我没有那种紧张的感受，还在电话里开着玩笑骂了他几句。他说，等你小孩儿中考你就知道了，别把话说满！我们嘻嘻哈哈说笑着挂了电话。

那次同学聚会果真来的人很少，大家在一个酒店里匆匆聚了聚就散场了。组织聚会的那位同学特别失落，喝了几杯酒，骂骂咧咧地说："都是狗肉，上不了台面，下次再要聚会他就是孙子！"

结果没隔几年，有了微信，热心的同学马上建了一个同学群。同学群里，我那位同学最活跃，每天发点儿笑话，和女同学打打嘴仗，并且隔几天就呼吁一次组织同学聚会。有时候晚上一两点发点儿感慨，同学的情义是人生中最单纯的感情，年龄越大越怀念过去，再不疯狂就老了，等等。

说得多了，我那位热心的喜欢张罗的同学，又忍不住组织了一次同学聚会。结果，这次还是就他没来。一问才解释说，正准备出发，儿子的班主任打来电话让务必参加家长会，所以只好放弃。不过这次，同学们已经习惯了他的缺席，甚至没有人提到他，只是那天组织聚会的同学站起来提议的时候，感慨了一番："人生不是准备妥当才出发，而是走着走着，花就开了。"

也就是聚会之后的两周，我那缺席聚会的同学来我住的城市办事，打电话要小聚一下，那天同学们都不在，只好我一个人去赴约。多年不见，他老了很多，头发掉的比我还多，关键是整张脸浮肿，眼袋比裤袋还长。他不像在群里那么活跃和善谈，闷闷地喝着酒，偶尔感叹几句，人生寡淡，一生漫长。我看他的精神状态很不好，问他是不是遇到了什么困境，他说，人生寡淡无味，白开水一般。

我和他讲了讲同学聚会上的花絮和同学们的变化，也少不了感慨几句还没好好活，就一眨眼到了中年。

他还反过来劝我，人生不应等待。他现身说法，说他年轻的时候就想去趟西藏，年轻时候等有了工作，挣了钱就走，有了工作又说等成家了带着爱人走，成家了马上有了孩子，后来说等孩子大点儿一家人走，孩子大点儿又面临升学，想等孩子上了大学就走，现在发现孩子大了，自己的身体又不舒服了。而且这些年过去了，他发现自己想去西藏的那颗心也渐渐淡了。他现在懒得出门，还晕车，尤其是睡眠不好，一换地方更是整夜无眠。

我们临分别的时候，我看他一脸木然，我问他是不是不舒服，他摇了摇头消失在夜色中。

隔了一个月，我在同学群里听到一个爆炸性的新闻：他自杀了。听他的妻子说，他得抑郁症已经两年多了。老实说，他对我而言不是那种感情特别深的同学，但是我想起最后一次见他时他讲的那些话来，还是感慨良多啊。这不是我们大多数人的一生吗？我们往往什么都懂，就是在等一等中不知不觉地荒废了一生。

尤其是我搞深度游以来，越发觉得身边这种在等待中荒度一生的人太多了。大多时候的常态是：有人深夜冒冒失失地发短信问什么时候组织深度游，让给他报名，他发誓风雨无阻地一定参加，结果隔上几天他就下了软蛋，说着请不了假，老公或者老婆生气了，父母病了，孩子不让走……那理由多了去了。等你旅行归来，他看到美图，心痒痒地发誓，下次一定要同行。遇到这样的人，我大多是打着哈哈敷衍一下。这种优柔寡断的人，都是行动的矮子，语言的巨人，被等待困顿了一生，别期待他有什么突破。

而那些说走就走的人，归来后，天也没塌下来，日月流转，山河依旧，什么都没有发生改变。反而说不定因为旅行长了见识，调整了心态，发现生活如此美好，不仅惊艳了流年，还温柔了岁月。时间像牛奶，挤一挤总会有的。其实,别把自己太当回事,世界没有你照转。那些救世主该走的走了,世界照样没有陷入黑暗,也没有大面积地沦陷。况且你我平凡如灯草,没那么重要,活成自己的样子才是你我应该有的态度!

生命每天都在与时间擦肩,遇见了来不及相识;相识了来不及熟知;刚刚熟悉却已经要说再见。这就是人生的常态。况且大多数人一生都在遇见的路上和交错的途中,如果再让自己等一等,那就失去了更多对未来的探索和可能。

人生不能等,不要等到爱时才学会付出。子欲养而亲不待,就是等的悲剧。趁还活着,好好爱,即便面临分别,也要用想念温暖冷清的岁月。最可怕的是失去后的内疚和后悔!那是等待留给你的报应!

等待最能蹉跎岁月,使自己遗憾。一生不长,没有返程和停顿的站台。一睁眼一闭眼,一生就过去了。不要等到孤单时才想念你的朋友,不要等清闲时才懂得享受,不要等有钱时才懂得慈悲,不要等有机会时才开始努力,不要等失败时才记起忠告,不要等生病时才懂得健康和养生,不要等失去时才懂得珍惜,不要等老了时才想起实现,不要等临死时才学会热爱……

有时候发现,我们大多数人,不是败给了时间和岁月,而是败给了等待。

人的一生，最怕的就是等待。时间一分一分，一时一时，一天一天，一月一月，一年一年地过去了，而我们在等待中妥协、消失。人生从来都是一次没有准备充足的旅行，走着走着，就累积了该有的盘缠。只有经历过才发现，幸亏没有等待，手掌里才盛住遇见的机会和拥有的幸福。

　　人生不能等，一辈子不长，对自己好点儿；人生不能等，一辈子很短，下辈子彼此不一定能遇见。趁活着，要抓紧。别错过了子期，又错过了伯牙，错过了晨露，又耽误了晚霞。这世界，就这么妙，走着走着，花真的开了。

　　探索不就是活着的动力和归宿吗？

　　天色刚好，早点儿出发！遇见就在转弯的路口！

写给儿子成人礼的一封信

今天,学校让每位家长给自己的孩子写一封关于成人礼的信。尽管你现在十七周岁,离十八岁还有一段时间,但自从你偷用我的剃须刀,有时间就对着镜子打理自己,我就把你当一个成年人看待了。虽然,相对成年人的标配,你还有一些差距,比如面临的选择,养活自己的能力,有一个属于自己的生活圈子,关于情感的一些体验,必须自己做的一些决定等等。不过,真要等这些经历来了的时候,再给你写这封信,已经毫无意义。人在成年之前有一些规划和准备长大的思想是有必要的。它可以让你今后活得更笃定、更从容,它可以为你提供一些参考和借鉴,仅此而已。

你知道的,我最讨厌好为人师的做派。尽管我是你的父亲,比你先走成年之路,但是我深深懂得两个铁律:一是每个人的人生不可复制,你的人生一定也是这个世界上独一无二的人生;二是我不会望子成龙。首先,我有自知之明,我知道自己就不是龙,你身体里没有龙的基因,你不用有这个负担。其次,你没有义务承担我的梦想,我自己没有实现的愿望,那要算在我自己头上,我不会让你为我负重前行,更不会以过来人的姿态剧透你的人生。以我自己走过来的体验来看,未来是风景与风险并存的明天,是跋涉和征服相随的一路。从这点上来说,你小子算是幸运的,遇到了我这样开明的父亲!

今天,我希望我们是站在男人和男人的角度来看待这封信的,尽管我知道你现在充其量只能算男孩儿,你的生理和心理都在成长阶段,但是作为一个上道多年的前辈,我有些经验赠送给你。一是要相信天赋的存在,比如我喜欢的写作和音乐,这是长生天赐予我的财富。但是你要知道,天赋不是搁在案板上的牛肉,一眼就能看出来的,是需要你自己用心发现的。假如你对某一件事莫名其妙地喜欢或者无师自通地懂得,心甘情愿地钻研或者乐此不疲地探索,那么一个叫天赋的东西正在不远处等你发现并坚定地追逐。二是不要相信天上掉馅饼的事情。这个世界从来没有无缘无故的幸运，幸运的背后一定有努力在起作用，包括发现自己的天赋和突然降临的机会。如果没有努力和付诸实施的行动，那么这些都是讲故事的套路，不大可信。至少我活了四十多岁还没有遇到这样的馅饼。

另外有两个领域你要有所了解：一是及早接受美育，现在开始还不晚，好的审美是你生活品质的保证和感知幸福的方向；二是正确坦然地认识和了解心理健康的重要性，心理健康就像头疼感冒需要就医一样，不舒服就要寻求解决的办法，这是所有爱的首要前提。

接下来，把我四十多年来走过的人生弯路整理打包转赠给你，说不定对你有一些用处。归纳起来，有七件事情需要梳理和养成。包括我自己，也在这些事情上不断修正自己。它们是：习惯，爱好，情商，有趣，爱的能力，友情，懂得世俗。

一是习惯。就习惯本身而言，它是一个中性词，没有什么好坏。但是如果这个习惯能为你步入幸福和顺畅的人生之路助力，那么哪怕是强迫自己也要养成。它会让你终生受益。习惯只是一个手段，是为了拥有一项能养活你的生存技能。比如，你要达到自给自足、经济独立的目的，除了要至少学会一项工作技能，还要养成遵守时间、兑现承诺的好习惯。如果某一天，你为没有遵守时间而找理由，那么这是丢人的事情。不轻许诺言，一旦承诺就要为自己的话负责任，久而久之，你就会成为一个一言九鼎的人！好的习惯还不止这些，比如，阅读的习惯，学习的习惯，健身的习惯，早睡早起的习惯，不拖沓的习惯，执行力的习惯，不当"语言的巨人，行动的矮子"的习惯。还有清零和放空的习惯，甚至是发呆和独处的习惯，倾诉和倾听的习惯，等等。这些习惯会成为你人生路上的秘籍，在关键时刻会助你一臂之力。

二是一定要培养自己的爱好。不用站在有用没用上权衡你的爱好。告诫自己，检验所有爱好的标准就是与它接近的时候你是不是觉得身心愉悦，如果你身心愉悦，那么哪怕你每天只听一会儿音乐也要坚持下来。人的一生不长，除了要有生存的技能，还要有养心的时间，可以做点儿无用的事情，它会让你的人生走得更从容和踏实。玩其实是有门槛的，高级的玩法是有条件的，比如你的阅历、技能、受到的教育、养成的习惯等等。既然是玩，就要玩得彻底和洒脱。这才是人生最为美妙的地方。

三是学会管控和把握自己的情商。在我们这代，教育忽略了两个重要的学习体系，一是审美教育，二是心理健康教育。这两项的缺失直接导致了智力开发的偏差，出现了很多很多不食人间烟火的"怪物"，比如孤僻、不合群、自私、自恋、矫情、任性等问题。如果说智商是帮助你熟悉生存技能的武器，那么情商就是让你抵达幸福的指南针。情绪的管控和培养，会让你善良得有分寸，自我得得体，活得体面，在活成自己想要的路上更笃定和睿智。

四是一定要做个有趣的人。幽默是上帝给你配置情商和智商之余的赠品，为什么不把它用足用活？它不仅可以柔软坎坷生活中的棱角，还能明媚那些暗淡的时光和遭遇。它会让你的情商有质感和光彩，也会让你的习惯和爱好有温情和细节，更会让你整个人散发着魅力和吸引力。生活有时候就是这样，你不主动找一些佐料逗自己开心，它铁定假装成高冷模样吓唬你的前行。生活就是这样，你若把它当成工作报告会，板着脸就成了常态；你若把它当成主题联谊会，快乐就会传染。生活可以简单，人生一定要丰富。为什么不做一个有趣的人呢？

五是要有爱的能力。爱是一种能力，要坦然接受它的盛大光临。懂得爱，有能力去爱，才是爱的正确打开方式。在爱这方面，尤其是选择陪伴你一生的爱人，要慎重，要分清楚爱情和婚姻这两个概念。婚姻不是爱情的打开方式，彼此在一起舒服很重要，放下爱情去谈婚姻，它会伴随你一生。婚姻也是你人生的一项重要内容。

广义上的爱，比如爱自己，爱他人，爱工作，甚至爱好，都需要有爱的能力。开始喜欢一个人，这是太正常不过的事情。有人向你示爱，或者你单恋一个人都是非常值得尊重和庆贺的事情。但是爱不要泛滥，爱一定要隆重和有担当。在没有为自己的人生方向做出选择的时候，爱是无源之水、无本之木，请给爱一个暂存的时间，拥有爱的能力之后，比如担当、责任，生存等，再让它坦然地绽放。

六是作为一个男人，一定要看重情义，并拥有情义。虽然每个人的一生，总有一段路要自己走过，但是在每一段跋涉中，一定要有人见证和分享你的经历，胜任这项任务的不是父母、兄弟姊妹，甚至不是爱人，而是那些懂你的朋友，朋友不在于多，在于精。

上学的时候要有要好的同学，工作的时候要有知交的朋友，哪怕是一个爱好的圈子，也要有谈得来的知己。这个知己的期限，是一辈子，但很多时候一个阶段有一个阶段的朋友。你在成长，你的朋友也在成长。对于渐渐陌生的朋友，你也要祝福他们，毕竟你的一段人生经历有他的参与。不要觉得年龄大了就不会再认识朋友，知己不一定是最早相见的那个，但一定是最懂你的那个。没有生分，不用设防，相处舒服，沉默也不尴尬，那一定就是你失散的知己。珍惜、经营、在乎、力挺，没有错！这就是情义原本的样子！

七是懂得一些人间烟火。如果说人生是从混沌走向清晰的，那么人间的清浅明艳恰恰就是这抹吵吵闹闹、咋咋呼呼的烦琐！毕竟这个尘世哪有什么不纷扰的世外桃源，不纷争的江湖大业，不记仇的情种，没有忧伤的人生。对于这方面，以后多听听你妈骂我的那一套，那些都是烟火人间的诉求和向往。在盐水里泡过，在甜水里浸过，在咸水里煮过，而后，你才能理直气壮地说，这才是男人！

儿子，你我都从事过体育，你懂的，体育上讲究成绩，要的是速度和超越。而人生恰恰和体育相反。人生不是计时赛，更没有参照物，即使你一锛子挖到终点，也未必是赢家。不急，什么年龄做什么事情。懵懂的少年，莽撞的青年，豁达的中年，超然的老年都会不请自来的。不必赶，从容地迎接属于你的锦绣年华，玲珑人生。

我相信两句话：一是走着走着，花就开了；二是活着就是为了遇见美好。也一并送给你。

祝好。

少和聪明人来往

少和聪明人交往。某地有一神医,每天讲课就能看好患者的病。被其治愈者不计其数。也有人怀疑此人在搞什么猫腻,更有好事者把此人过去的档案翻出来追寻,断言此人根本不懂医术,纯粹骗人云云,并对自己的发现沾沾自喜。本人有幸认识一位老中医,交往年久,十分投缘,闲暇的时候与之天南海北地聊。他喜欢我的直爽,我欣赏他的开悟。有时候遇见难事或者不顺心的时候,他就成了我的精神垃圾桶,无论我说得多么过激和无理,他都面带笑容,不住地点头赞许。悲伤的时候,他陪着我落泪。很多次,我骂着骂着心里就爽快了,居然忘记了因为什么而生气和郁闷。再问他,他也一脸茫然,说不知道我因为什么生气。再问他为什么流泪，他说看我流泪，他也难受了。原来如此！有一次聊起神医的事情，老哥哥笑了，说这里边有一个关子。你非杏林中人，本不该对你说，说了也没啥事。他说，世界上根本没有医生能救你的命，医生只能看你的病。而且世界非正常死亡中误诊的占三分之一，吓死的占三分之一，真正得病的占三分之一。尤其中医，好多医方是谋略。医家本来就跟兵家相通。很多病关键在于你信还是不信。所以医家常说，傻子去病快，治聪明人的病反而慢，信则灵嘛。临了，老先生抛给我一个问题："你说，聪明和智慧是一回事吗？"这弄得我一脸茫然。他笑笑，说人生的最高境界就是大智若愚，自己悟去。

老哥的话，让我想起几个故事。

汶川地震的时候，我写的歌曲参加人民网的一个比赛，居然获奖了。歌曲的灵感来自一个故事。有一位年轻的母亲因为孩子的离去几近崩溃。据说，有一群心理理疗的志愿者进入了汶川。一个年轻的女志愿者看到那位母亲心里非常难受，便用自己所学的所有知识来挽救这位母亲，结果无济于事。有一天，这个女孩儿给年轻母亲讲了一个梦。女孩儿说，我昨晚梦见所有在汶川地震中不幸遇难的孩子了。他们都在通往天堂的路上，这是一段最黑暗的路程，好在每人手里端着一个小蜡烛，缓缓前行着。我也看见你的女儿了，只是她的蜡烛总是熄灭,你的女儿告诉我,因为妈妈的泪水淋湿了她的蜡烛。哭泣的母亲居然瞬间不再哽咽。

鄂尔多斯也有几个流传的段子。

之一。有人为打造避暑休闲城市,请回一位大师,问有何高见。大师沉默良久,不语,转身回到卧室。那人顿悟,大师高明,你是告诉我,打造避暑休闲城市要耐得住性子,忍得住沉默,"酒香不怕巷子深"。此人方才豁然开朗,便见大师从卧室出来生气地说:"嚼怂哇,这个地方太冷了。我进去穿了条秋裤!"

之二。有人中了五百万,一记者采访:"打算如何支配这笔巨款?"那人说,先把欠债还了。记者穷追不舍地再问:"那剩下的呢?"那人说:"剩下的慢慢还。"

这些段子好像很搞笑,笑过之后,突然对聪明和智慧有了一种新的认识。有位大师总结:不能吃亏为聪明,愿吃亏是智慧;拿得起是聪明,放得下是智慧;聪明知识多,智慧文化广;聪明保全眼前,智慧着重长远;聪明靠耳眼,耳聪目明,智慧靠心,慧由心生;聪明人嘴忙是茶壶,智者耳忙是茶杯,茶壶之水终入杯;聪明是能力,智慧是境界;聪明得于遗传,智慧缘于修炼;聪明十中有一,智慧百里无一。我们很多人觉得这些段子好笑,是因为我们比它聪明。事实上,生活的智者,更多的是能经得起嘲讽,能担得起自嘲的人。如此，方能明白风雨逍遥，宠辱不惊，大智若愚。不与聪明人为伍，其实是人生的境界。人生少了那些咄咄逼人，其实就多了一些云淡风轻。人生少了那些尖酸刻薄，就会多了一些大智若愚。得饶人处且饶人，这是一种博大的胸怀。宽容别人的嘲笑、朋友的背叛、上司的刁难，自己也会舒心许多。聪明人喜欢处处要强，超人一筹；而智者则喜欢适时示弱，含而不露。因为他知道示弱不仅是一种智慧，亦是一种力量。智者常常是那种以出世的心态，做入世的事情的人。

前几年和朋友开玩笑，他问我："遇到一个傻子怎么办？"我答："顺从他的一切观点，把他培养成一个大傻子。"当时还以为自己很智慧，沾沾自喜。几年后，这个段子居然成为了网站的经典语录。现在想来，这不是要自己的聪明吗?！细细想来，很多事情，对于懂你的人来说，你不必解释，对于不懂你的人来说，你又何必解释？少一些聪明，多一些智慧，告诉自己要从掉上一滴冷水跳三跳中学会安然，从面红耳赤中学会沉默，从自以为是、好为人师中学会沉静，从作秀、害怕忘记自己中懂得放下。

想起一个故事，说不出它的好赖，但觉得心里莫名一颤，分享给大家共勉。

有一位中国艺术家在英国某地路边拣了一块石子。

他揣着这块石子徒步行走了 115 天,环绕英伦走回来,把石子放在了原来的地方。记者问他这么做是为了什么?他答:"让石子看看风景。"记者问:"那为什么又放回来?"艺术家答:"让石子回到它的家。"把聪明还给聪明,把智慧送回老家。我需要做的是让心灵有一个自己的空间,喧闹、恬淡都是它自己的事。你走你的东康快速,我走我的二号大桥。谁也不是谁的男主角!少和聪明人交往,多和有智慧的人学习。

乐观，是上帝看人间的视角

我妈妈是个乐观的人。

比如去晚了那达慕，人群开始散场，妈妈就会从另一个角度告诉我们："幸亏晚来了，要不人多的都找不到休息的地方。"比如米缸里只剩下最后几粒粮食，她带我去姥姥家借粮食，一路上讲的都是如何重逢的惊喜。

记忆中的妈妈经常有两句口头禅：第一句是天塌不下来就好；第二句是愁有啥用。

妈妈就是靠着这两句话，度过了我们家最窘迫的日子。那时候父亲倒场去了另一片草原，大姐、大哥已经成家另立门户，二哥、二姐远走他乡，独留下妈妈和我、三姐艰难度日。每次我和三姐寻着声音找到因为担心和想念二姐、二哥而一个人跑到河边放声大哭的妈妈时，妈妈就会擦去眼泪告诉我们，幸亏还有你们两个懂事的孩子，并且十分肯定地说，割了麦子种菜啥事儿不误！

妈妈总是能从最坏的事情中挑拣出最好的一面。比如她说，说不定你二姐找到了自己喜欢的人了，过几年就会回来看我们。比如她说，幸亏你爸去梁外倒场放羊去了，正好可以保养保养他那身体。比如她说幸亏上次去你姥姥那里借粮食，不然怎么知道她老人家身体不好，就没有机会照顾她安康吉祥了。比如她也鼓励我，体校也挺好的，身体壮壮的，才是男人的资本。

在妈妈的眼里，每一件坏事里都藏着一件好事。和妈妈在一起的那些年，日子那么清贫和艰难，我却总是觉得一觉醒来会有惊喜，哪怕走着夜路唱着歌也觉得一家人在一起就很幸福。

妈妈的这种生活态度也一直影响着我。每次在人生艰难的时候，我也总喜欢用妈妈的话鼓励自己。而世界果真让我幸运有加，每次我在人生的低谷时，事情总会出现转机，我宁愿把这些幸运当成命运对我的垂青和关照。

当一个人把每一个明天安插进憧憬和期待的时候，明天的太阳果然照暖你的身体。当一个人把每一次遇见和指点当成是贵人相助的时候，那些贵人果真在你关键的时候拉你一把；当一个人拥有能从苦难中找到暖色的能力的时候，那些阴霾的日子里，总有一扇窗的亮光照亮着快乐经过的背影……

那天有个来我民宿度假的客人，我带着他去各民族的寨子里做客。他很惊讶地问我："你来这里几年了，好像所有寨子里的人你都认识？你不怕被当地人骗了吗？"

我告诉他，我们看世界的角度不一样，我原来也和你一样，会为自己筑一道心理防线，也会在每一件事情发生之前考虑最坏的结果。但是有一天，听到一位大姐告诉我"这世界没有陌生人，只有未来得及相认的朋友"之后，我突然发现，我们是人为地给自己穿上了一件厚厚的铠甲，带着隐忧在岁月里逆流而上。既然厄运和低谷无法避免，为什么不能像妈妈一样，先找到乐观的闸门，开渠放水，用假装的粗心漏掉不幸和悲伤，用柔软的细腻找到快乐和幸运？！总有一个角度可以看见快乐回来的背影。

果然，我总能遇到贵人。无论是暗淡时的一句暖心的安慰，还是无助时的默默的陪伴，无论是挫败时那一伸手的扶持，还是孤独时那一捧暖心的问候，总让我觉得人生待我不薄，我还有什么不满足和不值得感激的理由？

前几天，我写了一篇网文，可能流露出想念家乡的情绪，很快就接到老兄的电话。老兄永远是这种人，你在顺境的时候，他像水一样悄悄退去，你在逆境的时候，他用第一道暖光照亮你独行的前方。他打通电话只说了一句话："想家了吧？发个地址过来！寄咱们草原的羊肉给你！"

在异乡的街头，听到这样的话，我的双眼蓦地热了，那一刻我觉得眼前鲜花都在为我盛开，倾城的日光照耀在水面，青草鲜嫩，鸟鸣婉转，连清风都有一丝甜腻腻的味道。世间如此美好，我怎么舍得辜负这盛世华年，一河山水。

早上去附近的寨子遛弯，遇见几个小孩子在树下荡秋千，一时高兴，竟然忘了自己杀猪调的杀伤力，刚哼了一句，那小孩儿就惊恐地跳下秋千跑得无影无踪了。我还正想着，我这是唱歌，又不是要命，至于吗？很快小孩儿领着大人过来了，我理所当然地认为他们是为我的歌声而来的，索性再度深情地嚎了一嗓子，结果，一瞬间，大人小孩儿像看见鬼似的，"刺溜"一下集体消失得无影无踪。同行的朋友见这场面，早笑得前仰后合。

幸亏咱哥们心态好，我笃定地安慰自己："出门在外，会一门才艺有多重要！"从这个意义上来说，乐观其实就是角度的问题。

乐观和悲观其实就是一个次序的问题。就像买了一斤苹果，悲观的人总是先吃烂苹果，结果发现天天吃有瑕疵的苹果；而乐观的人，总是先挑最好的苹果吃，最坏的结果不过就是扔掉一颗坏苹果而已。

快乐其实就是做生活的减法。放下意义，放下面具，放下未雨绸缪，放下万无一失，先找到快乐的源头，然后提着幸运和惊喜逆流而上，你会发现世界原本就没有那么糟，清风依然伴着明月，豁达依然伴着通透，真诚依然遇见善良，柔软依然遇见细腻。小草蓬勃，树影婆娑，人生明澈，细水长流，走着走着，花就开了。

那时候你再看眼下的月色，湿漉漉的，软绵绵的，清亮亮的，静悄悄的。倦鸟归巢，懒狗入窝，青蛙放肆鸣叫，月色真好，佳期如梦。所谓的释然，不过就是一手稀释流年，一手打包过往。

以上帝的视角看人间，也不过如此。

借一场酒醉,和过去道一声再见

本来是下定决心戒酒的。

谁知道一到摊账上,就变得特别善解人意。心想人家花钱请你吃饭,轮到你这儿别给人家冷场。于是总忍不住安慰自己,下次戒,不戒就是毛驴,结果又成了一个蛋。

我一直怀疑酒里有多巴胺,否则几杯黄汤下肚,那个安静的美男子瞬间就变成了下山的鲁智深,张牙舞爪,豪情万丈。倘若,恰好又遇到几个投缘的人,那整个人就是离开唐僧的孙猴子,无法无天。

昨天就是以上描述的版本,我很快进入了亢奋状态,一开始还要做一个好父亲的样子,以照顾女儿为由不喝了,好像人家客气地劝了几句:"要不喝点哇,女儿那么懂事，自己能照顾自己了。"于是我顺水推舟，妩媚地端起酒杯，结果几杯下肚就不由自己了。父女俩深夜摇摇晃晃地回家。

今天一整天都在后悔和难受中度过。一会儿抱着被子，一会儿抱着马桶，进行了高强度的呕吐！最丢人的是，无意中翻阅昨天的手机聊天记录发现，竟然给几位铁把子朋友发了那么多的短信，肉麻指数十颗星，于是强撑着坐起来，做了一件掩耳盗铃的事儿，认真地删除了那些留言。假装自己能把自己的那些酒后不堪的场面掐掉。反正心中只有一个对策：人家断片啦，爱咋咋的！

喝酒，有多少高潮就会有多少低落。果然中午一过，四五级寂寞来袭，还夹杂着一点儿无聊和不想见人，零星地有一点儿淡淡的忧伤。假如哪个不知道我此刻心情的人不解风情地撩拨我，都会被我尖酸刻薄地顶撞得狼狈不堪！

脑子是丢在昨天的酒场上了，念旧和感慨就像风调雨顺的野草，时不时地出现。那些过去的片段和驴年马月都不联系的旧人总是天马行空地闪过。才发现，酒能打开回忆的门，放出那些囚禁多年的往事。貌似早已经释然，其实只是故意遗忘。一个人的时候，想在你有可能出现的路口暗暗地说上一句："等了好久。"

上天是公平的，它一般会在为你堵塞一条出路的时候，就会给你另辟蹊径的机会。有时候我们的倔强，只是心疼曾经那个傻傻的自己，明明知道真相却拼命找一些借口掩盖真相，只为了成全自己心里想要的结局。

每个人都一样，某年某月某一天那一场波澜不惊的遇见，却成了一口饮尽那烧喉的酒必不可少的理由！因为我们越来越知道，每个人都是那一只被压在五指山下的猴子，等着一场遇见，等着完成一次跋涉。我们是用半生时光只为回到城墙下的那群人中的一个，跌跌撞撞地咀嚼着自己的苦涩。我们用超龄的梦想，等待着那份过期的诺言，哄一哄渐渐现实、渐渐平淡的自己。哦，我曾经也有过那种莫名的惊喜和假设的意外统统光临的经历。

借一场酒的醉意，和过去道一声再见！酒醉却心知肚明。没遭遇辜负，怎么能知道情义很轻，需要用心维护？不摔那么一跤，怎么能够看见那个愿意停下来等你的人？真正的朋友，从来都是无须想起的，因为从未忘记。

岁月从未漏掉过任何一个人，故事和人终成过往。

江湖路长，清茶会凉，戎马一场，醉酒当歌，与往事干杯。酿一壶老酒，听一首老歌。那些旧人旧事，如残花掠过尘世，渲染这寻常的日子，慢慢穿透内心，和那个倔强的曾经道个别。我也沧桑，等不动了。如果你不回眸，就让彼岸都荒芜成无尽的天涯吧。

忧伤说笑，浮伤年华。幸好还有安放得了乡愁的地方，还有一颗矫情得动的心，还有念旧的力气，还有三五能接你酒后电话、听你天一句地一句隐忧的好友，还有这样缓慢的午后时光，还有这些能让一个酒醉的中年男人祭奠那憧憬的远方和闪过心间的期待的温暖的文字。有了这些，身体与心灵都不孤单了。

我从不唾弃凡俗生活中的琐碎细节，哪怕从此皈依平淡。相忘于江湖才是另一种恩典。于是暗暗告诫自己："允许你借着酒劲儿放肆一次，这次之后再不准孩子气，不准责备自己，不准偷偷想念。"

你要听话，不是所有的相遇都会久别重逢！

取悦自己才是对活着最隆重的敬畏

01 >>>>

我朋友二十七岁就是国内某个行业里的领军人物，经她手出来的作品至今还是那个行业里的标杆。

不过她能走到顶峰是用无数个没日没夜的加班和辛苦换来的。用她自己的话说，忙到没有时间花钱。

她在北京买了一个房子。三年中，她算起来回去住了不到一个月。苍天不负有心人，她在二十七岁之前拿遍了她那个行业里所有的奖项。

也就是在二十七岁那年，她接到了妈妈的一个电话，妈妈吞吞吐吐地问她忙不忙。那时候，她刚接了一单大生意，忙得四脚朝天。在她的意识中，妈妈永远是那个喜欢读俄国文学，把手风琴拉得能听见白桦树声的优雅女子。

那一年妈妈才四十七岁，在她的心里，妈妈与失去永不相交。可是，当她被亲人婉转地告知实情时，妈妈已经癌症晚期。

她辞掉了工作，也只是陪了妈妈不到一个月。那时候，妈妈已经没有精力和她聊天，分享她的收获，展望她的未来。

妈妈走了之后，她得了严重的失语症。她天天早早来到火葬场门口发呆，在她的心中，这里是和妈妈分开的地方。她自责，妈妈的离开，就是因为她的忙！

后来，连看够生离死别的火葬场看门大叔都对眼前这个姑娘不忍心了，他含泪劝慰她："姑娘，人都有一死，别等了，回不来了，要记住来时的路就算不枉母女一场。"

之后，她虽然又回到了繁华之中，但是，从那时候起，就笃定去做一件抽身而退的事情。她用六年时间还清了所有的人情债务。在爸爸去世的第二年，她只身回到了故乡。

02 >>>>

她的唯一理由就是：她想活回自己！

要知道，作为一个在名利场上要风得风、要雨得雨的腕儿，她选择从集万众宠爱于一身的一线城市回到孑然一身的八线小城。这除了被理解为一时冲动，人们别无他法。

人们等着她头脑清醒之后的默默归来。

然而，她守着一间书屋，一棵老树，把读书的风气播撒开来。

这一干就是四年！她不仅毫无归意，还说服更多人投身到这种传播之中。

我喜欢看她的动态，她把自己的生活经营得有声有色。

她的脸上从来没有悲苦和愁容，有她的地方就会有笑声。

她说，所谓成熟，不过就是渐渐学会了取悦自己，好好与自己和平相处。

她不拧巴，不纠结。她的口头禅是：原谅自己是上帝给的权力！

03 >>>>

她虽然单身,但很精致地活着。喜欢喝茶,她把卧室分一半做成茶台;喜欢书籍,她的书架不高,都是躺着就能摸到的高度;喜欢绿色,马桶的边角,窗帘的转角,地缝的连接,捡来的陶罐,能生长的地方都有一捧恣意绽放的植物;友善地收养在寒风中相遇的流浪狗,瑟瑟发抖的三脚猫,给它们起特别诗意的名字,教它们与花草、鱼儿和平相处。

她也爱美,收集的披肩总是揽尽了女子的妩媚;她更在乎仪式感,每一个节日都会特别隆重,买一束花,请自己喝一杯咖啡。她说为什么不把自己的日子过得风生水起呢?她也会在某一个念想的指引下,抓起背包就去看海,会在某个海边发出海风徐徐的感慨……

她工作起来,依然像是个拼命三郎。但是她说:"前提是做自己愿意并喜欢的工作!"

那天,我看了她十二点多发出的动态小视频。

她加班晚归,开着车,放大了音乐,唱着歌自嗨,口中还念念有词,对面的观众,让我看见你们。接着就是雨刷器欢实地配合。亲们,让我听到你们的尖叫声和呐喊声。接着,应景似的,大灯和喇叭无缝对接。她和自己玩得特别开心。

04 >>>>

想想，一个人来到这世上，不就是为了活成唯一的自己，才会用心地遇见别人吗？

很多时候，我们把评价和左右快乐和舒适的权力让给了别人，唯独忘了自己。出发的时候就失去了自己，怎么可能用心去看一路的风景和善待每一次遇见？还怎么去成全别人？连自己都不能取悦的人生多么无趣！

取悦自己，不是自私，是记得初心，才知道去往哪里。

姐夫和大姐是一对恩爱的夫妻，但大半生勤俭节约。去年，姐夫被查出了癌症，不到三个月就去世了。没去过北京、没坐过飞机的姐夫，坐着飞机去北京看病，直接住进了医院，花了几十万，全身被插满了管子，受尽了罪，最后还是撒手而去了。

大姐哭着说，早知道这样，还不如拿着省下的那些钱和你姐夫想去哪里去哪里，想看什么看什么。

现在，我问大姐看海去不，大姐十分爽快地同意了。木讷的大姐语出惊人地说："你姐夫走了，我才知道活着，我们要学会取悦自己！"

05 > > > >

取悦自己,其实才是对生命最隆重的敬畏!

很多时候,我们在乎了任何人,唯独忘记了自己,这不是无私,是缺失!

很多时候,我习惯对自己说没关系,生活惯性就会理所当然地没觉得对不起。

很多时候,我们以为积攒够跟跟跄跄,才能优雅地站在他的面前,可是往往生活会告诉你:对不起,他刚刚离去。

很多时候,我们以为委屈了自己,迁就了他人,是为了遇见最美的自己,可越过山丘,才发现无人等候……

取悦自己是站在命运之河对岸的树,善待自己才能拒绝一切漂流。要明白,对自己爱得根深蒂固,是活成唯一的自己的铁定的方向。

2017年,我行走在这祝福泛滥的节日里,越是想念,越是遗憾。

很多时候,我们习惯隐藏另一个自己。谈天说地时,我们聊得好风趣,关上门才发现自己和另一个自己那么落寞。

现在突然懂得，岁月是残忍的，也是公平的，它终究会把给予你的一切如数收回，它能轻易收走每一个人的生命，就像我们不曾来过一般！

2017年，我要为自己写一封信，不加多余的言语，开头就写"好好爱自己"，结尾就是"才有能力在乎你"。

懂得，是一句禅语

有没有过这样的时候，特别想见一个人，跋山涉水，快到了，突然就改变了主意，觉得不见也好，转身就走了，即使明白往后的日子还会有突然想念的时候，也义无反顾地折返。

有没有这样的时候，一个被你怨恨了很多年的人，突然出现在你的面前，你居然想不起当初怨恨他的原因了。有没有过特别想听一听某个人对你的评价的时候，只要一句就好，可是很多年后，反而觉得无所谓了。有没有过特别向往一个地方的时候，跨过了千山万水，却觉得不是自己想去的地方。

这或许就是懂得。憧憬过，刻骨过，纠结过，反悔过，发现曾经的悲伤变成了淡然，曾经的遗憾变成了坦然,曾经的期盼变成了释然,曾经的流逝变成了安然。哦,原来懂得,不是明白,不是想开,不是理解,不是圆满,而是经历、放下。

懂得就是卑微但不自惭形秽,处于顺境也不得意忘形,逆流而行也不轻言放弃,平凡也不妄自菲薄,失败也不自暴自弃。懂得,是接受了自己的脆弱和残缺,接受了失败和遗憾;懂得,是宁愿沉默也不想抱怨,宁愿独处也不想敷衍,宁愿重来也不愿悔恨;懂得,是没有承诺也会坚守,即使沉默也不尴尬,纵然漂泊也会心安,哪怕不舍也会放手。

懂得就是突然发现,那些悄无声息的过往已经被岁月包浆成了沧桑的模样,点点滴滴的坎坷,都蜿蜒成了从容的常态。想念的人都开始入梦,遗憾的事儿都变成了笑谈,远行都成了归途,故乡都成了他乡。那些繁华锦瑟,那些地老天荒,那些恩怨情仇,那些酸甜苦辣都变得云淡风轻、细水长流。那些走过、痛过、爱过的过往都淡了、散了、算了。

喜欢独处,开始念旧,突然发现,许多人走着走着就散了,许多事看着看着就淡了,许多梦做着做着就断了,许多泪流着流着就干了。人生原来是一列没有站台的列车,所有途经的,都是风景,都是过客,也都是经历,只是不经意间回望来时路,发现空无一人,感觉有着说不上来的薄凉!

心事如秋,月色微凉,煮酒人生,终将灰飞烟灭。无论走过多少坎坷,都将美化成有花,有蝶,有阳光的往昔。生命于我们而言,就是一场修行,以一怀释然致敬岁月,以一句懂得慰藉人生。

懂得是一种境界,是一朵自由行走的花,散发着暖暖的光,温润着那些妥协了的黯淡、萧瑟后的回首、念旧里的深情,和不轻易说出口的孤单。

百转千回,万劫不复。

懂得是一种放下,知道黑夜会过去,春天会回来,悲伤会结疤,深情会遗忘。不用上锁,我也知道是拒绝。我不说,你也懂了。

懂得是一道禅,说到底是要放过自己,让岁月安抚那一个孑然独行的自己。

天赋的背后是努力的结果

我是 70 后，生于大漠，长于大漠，算是一个地道的草原男人。我当过运动员，教师，小报记者，公务员，当然也当过部门一把手（因为只有一个人）；我开过饭馆，贩过羊皮，当过保安，打过架、骂过街，现在专职写网文、业余创作歌曲，主打卖围巾，偶尔拍个微电影，演个路人甲，客串个深度游的领队。

我相信天赋是存在的，它就藏在我们莫名其妙的喜欢，无师自通的入门，心心念念的顿悟和误打误撞的懂得之中。但天赋就像夜空划过的流星和突然悸动的心情一样，稍纵即逝，需要我们用心留住它，让它开花结果。当然天赋是经不起功利的诱惑与懒惰的敷衍的，不敏感就是天赋叛逃的预兆！我也相信每一个人从出生就携带着遗传密码和特殊的天赋。

当然每个人携带的天赋不一样，比如有的是唱歌、舞蹈、文学的天赋，也有的是缜密的思维、理性的逻辑，甚至是吃的天赋，玩的天赋等等。我听说有个印度小孩儿，出生就会画画，对色彩的敏感异于常人。这就是天赋！

但是天赋不是坐等就能等来的，有的人的天赋埋藏得浅一点儿，有的人的天赋埋藏得深一点儿。遇到天时地利人和，它会有一些征兆。比如听到一首歌会怦然心跳，看到一幅画会有似曾相识的感觉，甚至有强烈的表达欲望，有想试一试的冲动和自信。

留住天赋并让它发挥作用，到目前为止，除了努力钻研之外，还没有发现有其他捷径可行！所以某个人在某些领域突出，一定是因为天赋遇到了勤奋的人。他们发现走着走着花才开了，等着等着花也许就谢了。

我在十岁之前是一个特别顽皮的孩子，也是一个特别自卑的孩子，我觉得我一无是处。有两件事情让我特别幸运，现在想来那就是天赋最初的模样吧！

一是那时候在体校，同样的训练同样的刻苦，成绩却是永远没有长进。直到有一天，我们学校组建新的项目，队员短缺，教练估计也是"有病乱投医"，只要有人愿意入他的门下都照单收编，于是我这个破罐子就光荣地被收编在队。训练两个月之后，自己都感觉到开窍了似的，如有神助一般，只要参加比赛就能超常发挥。队里的教练都觉得不可思议，认为我得了什么功夫秘籍。事实上那就是天赋。加上天赋来临的时候，附带着赞美和荣耀，比吃激素还能刺激你的努力和刻苦。

第二件事情是，我有幸遇到了文字。在这之前，我笃定地认为我未来就是门外那个捡垃圾的人，因为老师大手一挥，指着我们一大片破罐子说："你们，专业不行，再要学习一般，那么未来就是那位的样子。"我顺着老师手指的方向往窗外一望，就看见那个捡垃圾的老人，于是我就认定，我的未来就是如此的。接下来，有一段日子，我天天在想，哪一种死法不疼还能体面地离开，幸运的是我所知道的几种死法据说都相当的难受，就自己安慰自己，等捡垃圾的时候再死也不迟，索性苟且活了下来。人一旦连死都不怕，还怕个老师吗（当然你们不能学我，我是形势所迫）？

那段时间还没有转换专业，在讨厌的路上得罪了很多老师。教室的最前面就是我专有的位置，我分别做过数学课的硬度测试仪，物理课的参照物，美术课的人体模特，音乐课的友情指挥……自从成了站着听课的人，我发现我都不知道脸是个什么东西了！我的不要脸就是在那时候打下的扎实的基础！这样的经历，让我从此之后不知道怯场、紧张是个什么东西！也是在那时候，第一次看到了一个叫三毛的人写的书，我觉得她就是在写我，我莫名地觉得她的文字很亲切，而且盲目自信地认为我也可以写出这样的文字！

这不就是传说中的天赋吗？

这期间发生了一件特别有趣的事情，语文老师让写一篇冬天的校园之类的说明文，我居然心血来潮地把它写成了散文诗（最主要那时候不知道说明文和散文诗有什么区别）。因为我站的位置正好能看见同学们上课之后校园里的风景，就洋洋洒洒地写了一篇自己都觉得优美的作文，特别期待下周作文课上老师表扬我"那个站着的学生居然能写那么好的作文"，我甚至都替她想好了表扬我的句子。果然第二周，作文讲评课上，老师第一个念的就是我的作文。与以往不同的是她没有提我的名字，而是开门见山地说："下面我读一篇作文。"讲完之后，老师表情凝重地问大家："你们说写的好不好？"大家当然不知道这是哪种套路，按照惯例念出来的作文能不好吗？于是我也伙同同学们异口同声地喊："好！"我当时的心理是这样的，即使老师粗心大意没提我的名字，我也决定原谅她，我甚至做好了低调地接受同学们惊讶的目光的准备。可是场上的气氛急转直下，我亲爱的老师怒气冲冲地打断了同学们的随大流，用这样一段话结束了我的文字首秀："好个屁！"接着用三句话言简意赅地盖棺定论，哪儿抄的？可能不？滚出去！

但这更让我笃定地认为，我可以写作，尽管这中间我与文字失联了很久。直到青春期，我不断地想向心仪的人表达爱意的时候，文字不仅给我挣回了足够大的面子，还为我赢得了女生的一片赞誉。最主要的是，她们认为我写的情书和别人从名人警句、流行歌词上抄来的不一样。用我前前前女朋友的话说："原来风花雪月、海枯石烂可以不必忧伤悲情，阳刚幽默也是一种表白！"后来，因为替别人写情书，却被女主错爱，男主角以为我故意为之，要卸我一条腿，我才被迫退出了专写情书的舞台！

这一停又是十几年，虽然闲暇时间也会写一点文字记录自己的生活，也仅此而已。这期间结婚、生子、过凌乱的生活，就连三毛的书都被老婆用来垫碗，堵漏风的窗口，给儿子折纸飞机。几次搬家后，散落的一本未存，甚至连三毛自杀那么大的事情，我也仅是怅惋了一会儿，就沉浸在了卖了几条裤子的兴奋劲儿中！

直到2008年，在一个单位工作，环境很好，任务不重，那颗文学的心又开始萌动。断断续续写了半年博客，马上有了十万围观的朋友，用粉丝的话说，我的文字没有沾染上文人气，像草原上的风清新而淳朴。就这样出书，写QQ空间，算是与文字的一次隆重的重逢。

接触文字以来，我发现文艺的很多东西是互通的。

比如摄影，它的构图我完全参照的运动美学，它的表现完全是文学的套路，它的色彩完全是音乐的律动。比如音乐，完全是有声音的文字，有情绪的画面。不懂乐理，但我知道想念的滋味是一种旋律，快乐的时候是一种节奏。关于想念，想的人不一样，画面也不一样。想念我的阿妈，眼前就是大漠戈壁的景象，童年里的风声，呼唤的样子，远去的背影。同时，会有一种严丝合缝的旋律配合着这些画面。还比如旅行，它就是摄影遇到了风景，文字遇到了感慨，音乐遇到了感动。

现在回头看，天赋不是凭空来的。遇到的人，生活的一些经历，甚至是童年生活的环境，都可能是天赋催生发芽的因素。我听说，冰岛特别容易产生哲学家和诗人，有专家分析这与冰岛长夜漫漫有重要关系。假如我喜欢文字也是一种天赋的话，我想一定是因为我是一个幸运的人，生在大漠，长在一个有爱的家庭，遇到了善良而淳朴的亲人和你们。这些都是让内心细腻的因素！而这些藏在心底的心思，可以用文字来缓解。文字可以带着我一点点地从黑暗里走出来，把我从孤独和憧憬中剥离出来，带我实现那些不敢说、不敢做的事情。文字有时候也是我的一个泄洪口。有了文字，才有当下这般明艳、豁达的我自己！

有幸参加了全国首次网络作家培训学习，见到了业界的大神，他们不仅著作等身，蜚声国内外，也为自己赢得了利润和名望。毋庸置疑，这些人肯定有写作的天赋，但是他们成功的秘诀，不仅仅有天赋，还有努力。即使年收入过亿的大神，每天还是风雨无阻地更文几千字。这不是光有天赋就可以抵达的境界！

在网络作家培训学习会上，我和现场的学子分享了以下内容。

今天有幸和年轻学子们共同探讨，大家千万别把我当老师和作家，在写作的这条路上，我也是一个没有入门的学生，只是我比你们年长很多，愿意把我走过的弯路和看到的风景剧透给你们。我想，每一个人的未来都独一无二。

有两句话送给你们：天赋是上天赠给你我的礼物，没有开发出来真是有点儿遗憾；文字是漫过心田的一条河流，懂得用它，快乐真的能够加倍，悲伤可以减半。

拿起笔来，写吧，把你内心中的悲喜、生活中的困惑、酸甜苦辣都记录下来吧！慢慢写着写着，春天就来了，那带给你幸福的感觉就是天赋未来的模样！

若旅行，请趁早

这次摩洛哥之行，我以为会像我年轻时候的每一次出行一样，会翘首以盼，会无比憧憬，会怦然心动，会活力四射。事实上，经过漫长的跋涉，等下了飞机之后，突然开始全身酸疼，乏力，就像被门夹了，被驴踢了似的，哪哪儿都是找不到痛点的疼。即使去往卡萨布兰卡的路上鸟语花香，海天一色，怎奈眼皮就像两扇被上了弹簧的大铁门，有一股巨大的力量使它们闭合在一起，据说我还打起了均匀的呼噜。

中途，导游讲了一些接下来行程的注意事项，特别是讲到了有些地方治安不好的现状。我这个从来没有警惕和戒备的人，还是像一个迟暮的老人一样，下意识地摸了摸腰包里的护照和美金，认怂地盘点了一下自己携带的三个行李包。那神情肯定和我上了年纪的父亲第一次离开草原的村样差不多。接下来，就开启了怕死、爱钱、不瞌睡的老人模式。有时候，晚上回到房间，暗暗自问："这就是那个从八岁开始闯荡世界的少年吗？"

是的，当服输和怯弱爬上心头的时候，那些旅途中该有的憧憬和冲动，期待和梦想也会像潮水一样退去，没有憧憬的远行，旅途也会干涩和单调。我同行的朋友也是一个劲儿地向我抱怨："早知道，坐十几个小时的飞机，打死也不会来的！"后来我们就不约而同发出了感慨："旅行要趁早！"

憧憬和冲动是年轻的资本，也是旅行的魅力所在！旅行不就是无知无畏的闯荡和不计后果的向往吗？旅行不就是不知道天高地厚的自信，对遇见和远方不计成本地前往吗？可是，当这一切无声无息地被陌生和认怂降服的时候，旅行的丰盈和繁茂也一点点土崩瓦解，取而代之的是常备的药品，神经质的加衣，自带警惕和防备，以及防患于未然的怕麻烦！

那时候就会感慨：旅行要趁早！年轻时候看到的湖泊比海洋辽阔，邂逅比重逢惊喜，梦想比憧憬绚烂，荒芜比景色斑斓。那时候不由得感慨人生有四样东西一旦错过就是永远地失去了：二十岁的憧憬，年轻时候的冲动，亲人不在的孝顺，和去年此时的心境。

当然有人会说，你站着说话不腰疼，年轻当然好了，没有物质的后盾，一切都是徒劳。可是现在回过头来想，那些说走就走的旅行，哪一次成行会因为你的离开或者缺席而天下大乱？哪一次的成行会因你的超资而变得潦倒？不管是年轻还是年老，旅行一定是在活着的基础上，给自己的一次犒劳和奖赏，是烦琐和冗长的生活中的一次自我放松。是天涯算远？还是故乡算近？旅行只是按照自己的物质情况量体裁衣的一次放松而已。如果条件允许，旅行，趁早！

我的女神三毛和她丈夫也有过一段经济拮据的日子。

按照她文字里的描述，某天，两人去菜场，三毛挑最便宜的冷冻排骨和矿泉水，一转身却发现匆匆赶来的荷西手里捧着一小把百合花，兴冲冲地递给她。那一刹那，她却失了控，对着丈夫叫起来："什么时间了？什么经济能力？你有没有分寸，还去买花？"说完将那束百合花"啪"地丢在地上，剩下荷西呆在原地。三毛一定以为，他们年轻，有的是机会去浪漫地远行。可是万万没有想到，几年后，她会与最爱的人天人永隔。多年后，三毛去给荷西上坟，抱了一大束百合花，坐在坟前，她的内心是苦涩的，她忘不了那件事，尤其是爱人离去之后。

三毛说，一切都要趁早。她庆幸二十多岁的冲动和出走，这样才有了与荷西的相遇，才有了六年的幸福；她也遗憾曾经以为永远不会老，有的是精力和时间去看自己想要的世界，结果，和心爱的人却永远不能再次结伴踏进撒哈拉沙漠。很多年后，她也走遍了万水千山，可是历经沧桑后的她怎么走出那种无人分享的冷清和孤独？

世界天天在变，很多美好也会悄然消逝。憧憬和冲动是旅行最充分的理由。等有钱了，等工作不忙了，等孩子大了，等父母老了，等心情好了……突然有一天发现，你年轻时候特别喜欢的那件衣服如今已经穿不上了；那句犹豫了很久的表白终于要说出口了，可他已经不在了；况且你二十岁向往的地方，那些转弯的小巷，当年漫天耀眼的星辰，和路边善意的笑容，一定不会等你到来。

当年跋山涉水去过的西藏，今生再也不会遇见他乡遇故知的拥抱和陌生人之间友善的祝愿。当年荡漾在大昭寺的云朵也被渐渐到来的繁华挤到了山上。从拉萨河那边传来的歌唱再也不会那么真挚。

不知道从什么时候起，到什么地方旅行，铁定会关注两种东西，一是当地的树，二是居民区里的早市。什么样的环境才生长什么样的树，树是活着的岁月，寄存着那些来来去去的人的性格和特质,没有什么方法比这种捷径能更迅速地走进人的内心;早市最能看出当地人的生活习俗、方式和生活质量,况且那种热热闹闹的烟火才是这个城市最真实的声音。这样,那种蜻蜓点水、走马观花的应景式的游走才会变成真真实实的旅程。

这次摩洛哥之行也是一样,特别好奇那长在路旁开着黄花的树木和民居里热闹的集市。只是怕麻烦别人,怕因为自己走远了而耽误别人的行程,也是因为对陌生环境的认怂和警惕,所以这次旅行最后变成了向左向右的扭头式的浮光掠影。

有趣的是,在蓝白小镇,因突然下雨,站在一个小店门口避雨。店老板是个热情的中年男子,招手将我让进他的小店避雨,我马上觉得这是商家兜揽生意的热络而已,下意识地摸了摸腰包,冷漠地拒绝了他的邀请。想不到那人居然走到了我的跟前,手脚并用地比画着向我解释什么,我情急之下居然想起了平时就会说的一句英语"No",我告诉他,不买!那人更着急了,额头上开始渗出细密的汗珠,我隐约听懂他反复说着"猜你"(中国)的单词,看样子不是给我兜售东西。他突然用自己的手机写了一些话,示意我用我的手机拍个照片,我一开始警惕这是什么病毒和邪教,几欲离开,又怕被劫持,用缓兵之计远远地拍了一下他手机上的文字,就匆匆走了。

转弯的时候,我回头看他,他居然还站在门口,很失望的样子。

回到酒店,我急匆匆把照片上的文字转在翻译软件里,居然在我眼前出现这样一行字:我喜欢中国,我想和你交朋友!那一刻,我竟然有些感动,竟然感到了莫名的温暖。我想如果我再年轻一点儿,我会相信遇见了美好。原来相遇和错过只在一个细微的瞬间,那些看似清浅不着痕迹的良善不就是因为我们自以为是的成熟和防备被挡在了千山万水之外吗?

一个人的气质来源于,你看过的书,走过的路,以及见过的人。旅行,是唯一可以把阅读和行走完美结合的方式。

旅行要趁早!在有限的生命里,踏上更广阔的土地,遇见生命的恩赐和惊喜,才知道在每一次出行中会有多少让人心动的小角落,未知的小惊喜。

时间是可以挤出来的,金钱是可以赚出来的。而逝去的青春和饱满的冲动却一去不回返!很多东西,年轻时候得不到,就一辈子也得不到了。

张爱玲说,出名要趁早。经过那些铁骑三千的浮华和山河永寂的苍茫之后,你会懂得,有些经历,不是浮躁和功利,是明白了有些东西得到的太晚,快乐也不那么痛快了！当青春烟消云散，没有什么是比认怂更无趣的事情了。此生如一盘没有加盐的菜，可吃但无味。

王小波说，有人问一个登山者，你为什么要爬山？他回答说，不为什么，因为山在这里。如果有人问我，为什么要旅行，我会坚定地告诉他，不为什么，因为路就在脚下。真正的旅行就是一棵树遇见另一棵树，一朵云遇见另一朵云，一个人遇见另一个人，一个灵魂遇见另一个灵魂。人生来就是为了出发和抵达的，最后又还给了时间，还给了天地，让无数个自己团聚、结伴而行。

活着就是为了遇见美好！但，趁早！因为时间如流水，时不我待，别在最好的年华虚度光阴，错过了那些等在你必经的路上的遇见！

如果可以，请别和平凡较劲

最近，看到很多类似于《不努力，你的同龄人，正在抛弃你》《不成功，活该你活得卑微》《现在的安逸，都是因为你太喜欢平凡》的爆款文章，像打了鸡血似的，以成功人士的口吻，嗤之以鼻地藐视普罗大众的生活。他们认为，平凡就等同于生活没有质量，现实就过于低俗，寻常就是无能，平淡就是堕落。

看到这样的文章，我总在弱弱地问："平凡招谁惹谁了？自己活得败兴，谁给你的自信吹得天花乱坠？！"平凡简直快成了一个贬义词，好像谁活得平凡就是因为不努力。谁要是身价低于一千万就是丢人现眼，猪狗不如。谁要是生活在三线以下的城市，过着一眼望到未来的日子就是自甘堕落，不求上进。

简直了，我就想问，这是在机场书店看多了成功学，还是在传销组织生活的时间太久了？

太不食人间烟火了。全中国一线二线城市也就那么几个，就算全是成功人士，顶多占全国人口的百分之十。所以，真正的成功人士少之又少！

事实告诉我们：全世界百分之九十的人都是普通人！平凡是我们大多数人一生相依相偎的结果！

为什么活得平凡却一生要和平凡较劲?！所以，很多人过着拧巴的一生，战斗的一生，纠结的一生，自贱的一生！

什么是平凡？

网上有九种解释：一是没有值得注意的事件；二是不高傲，不崇高；三是不夸张，不虚饰；四是具有通常或重复的特点；五是与工作日有关或具有工作日特征；六是无特色或无区别；七是毫无异常之处；八是具有平民大众一般的特征；九是缺乏独创性。

以上九种解释概括起来就是两个词：平常！普通！

有人问黄永玉，人生的极致美好是什么？他回答了两个字：寻常！

后人总结官场不倒翁曾国藩一生最伟大的成绩也是两个字：平凡。他给自己的后代写了那么多的家训，不过也就是反复强调两个字：平凡！

周国平说人生有三次成长：一是发现自己不再是世界的中心的时候，二是发现再怎么努力也无能为力的时候，三是接受自己的平凡并去享受平凡的时候。

纵观人类历史上的悲剧，大多数人因为不能接受自己的平凡，而死在了与平凡死磕的路上。

自己是条虫，非得让自己的孩子变成龙。人人都是总统、科学家、艺术家，都能心想事成，都能梦想成真。于是很多人开始自不量力地和平凡死磕，从不输在起跑线上开始，恨不得一出生就会九个国家的语言，十八般武艺。先天不足就开始上各种兴趣班。我的一个网友说，她给孩子报了十一个兴趣班，目标就是多栖发展，直逼刘德华，与郎朗比肩。后来发现，孩子是个"扶不起的阿斗"，样样稀松，不开窍门。于是口口声声抱怨自己心强命不强，孩子不争气等等。母子俩很快进入了白热化的僵持和敌对状态。最后，她以活命为由才放过儿子。结果，儿子上了一个技校，开了一个修理厂，高高兴兴地娶妻生子了。现在说起那段不堪的日子，她儿子说："咱们就一个普通人，这不挺好的吗？！"

还有一个网友，也是信奉那套不能输在起跑线上的理论，倾家荡产买了学区房陪读，后又把孩子送到国际学校，到后来经济条件无法跟进，四处举债，生活彻底变成了一地鸡毛。他像一个赌徒一样，把全部的希望都押在了孩子的身上，可想而知，孩子的压力有多大。孩子一开始是掉头发，后来就内分泌失调得了白癜风，再后来就失眠，抑郁。他还不知道，继续给孩子施加压力，给孩子灌输成功学那套理论，什么当下的努力才能成就日后的风光，并经常以丁俊晖成功的事例激孩子。结果，孩子留学回来后，在一个平常的日子里，纵身一跃，离开了人世。孩子的遗书里只写着一句话：妈妈，来世我就想做个路边鼓掌的人！

我还有一个朋友，学音乐的，北漂了很多年。起先的几年，每次聚会都是在讲杨坤、吴秀波们的发迹史。他信誓旦旦地说，北京的机会多，说不定哪一天他就一夜成名了。并对我们老婆孩子热炕头的生活无比同情和鄙视。看了《立春》之后，他一度取笑我就是那个与现实妥协的王彩玲。每次都拿我的村儿味和一眼望见的未来编撰段子。

前几年，我最后一次见他，他变成了一个"愤青"。骂着命运不济，世风日下。后来就借着酒劲耍酒疯，坐在马路上痛哭流涕，口口声声说着："普通人挺好的！"

我本来想告诉他，我们就是普通人。但是怕他说我是回乡的王彩玲，没资格说自己是普通人。

从那次回来，我就再也没有见他。我发现"普通"在他那里都成了一种显摆，我的好睡眠在他那里就是没心没肺,我的安于现状在他那里就是不思进取,我不知道怎么安慰他。

从他那里我发现,我们都太害怕平凡了,于是我们超出自己的能力去争取,跋山涉水地想达到我们无法企及的目标。我发现人人都想成为将军,人人都想登上塔尖儿,人人都想成为生活的主角,人人都想万千宠爱集于一身。可是我们忘记了我们从来不是这个世界的主角!

有多少金刚钻,再接多少瓷器活儿;有多大的肚子,下多少面。平凡不是不思进取,是量力而行,是不被目标绑架。要记得跋涉的过程也是人生的一段内容,也有不一样的风景,那风景的模样就是平凡的真相。况且我们这么努力不就是为了能从容地活着,和爱的人在一起,分享和分担他们的终老和成长,见证那些辛酸和陪伴,然后能从容地听一首歌,从容地等一个人来吗?在烟火里奔赴,在凡尘中前行,有人叮嘱你天凉记得加衣,有人等你到夕阳浸染,有人帮你在炉上温着饭。而这一切景象,我们一生努力也未必能实现。

记得王菲有一首歌:有时候,有时候,我会相信一切有尽头,相聚离开,都有时候,没有什么会永垂不朽。什么是成熟?不就是终于接受了自己的普通和寻常,没有等风景都看透,就明白陪你看细水长流才是最幸福的人生吗？请相信在这个世界上，细水长流才是最美的画面。要永远记得，诗意不是诗人的专利，诗意地活着的你比诗人更接近幸福和远方。

散文家白落梅说："时光若水，无言即大美。日子如莲，平凡即至雅。"

芸芸众生大多数都是从平凡中来，也将回归到平凡，只是有些人生来便是平凡的命，却染上了白日做梦的病。我们都是归人，都是过客，在向往成功的时候，除了努力还要记得自己，记得留一些时间给平凡的自己。承认自己的脆弱和黯淡，承认自己的委屈和不堪。承认自己还会流泪，还会柔软。要不索性关掉手机，拉上窗帘，喝上二两，真心庆祝一下自己还健健康康、平平安安地活着。

有俗家问得道高僧，得道之前在干什么？

答："砍柴、吃饭、睡觉。"

问："得道之后呢？"

答："砍柴、吃饭、睡觉。"

问："之前和之后有什么区别呢？"

答："得道前，砍柴时想着吃饭，吃饭时想着睡觉，睡觉时想着砍柴；得道后，砍柴就砍柴，吃饭就吃饭，睡觉就睡觉。"

所谓得道，就是该干吗干吗，别把自己真当成个玩意儿!

真正的得道就是和当下的生活握手言和!

这才是大千世界里的平凡!